공습의 시대

공습의 시대

—1990년대 한국시문학사

이수명 지음

문학동네

차례

책머리에

1990년대의 시란 무엇인가? 20세기의 끄트머리에 놓여 있는 그때의 시는 현재 우리에게 무엇인가? 2000년대에 들어온 지도 십수 년이 지난 지금, 여기로부터 1990년대의 거리가 벌써 거의 한 세대에 이르는 것이 놀랍기만 하다. 그 거리는 1990년대 시를 조망하기에 적당한가? 너무 이르거나 혹은 (그렇지 않기를 바라지만) 너무 늦은 것은 아닐까? 1990년대 시가 또렷한 초점의 대상이 되기 전에 이미 망각의 영역에 접어들고 있다는 건 기우가 아니다. 특히 최근에 봇물처럼 시가 쏟아져나오는 현장은 바로 전시대에 대한 희미한 관심과 지나친 대조를 보이는 듯하다. 1990년대 시에 대한 논의들이 전혀 없었다는 것은 아니다. 다만 그것들이 부분적이고, 본격적인 포괄은 아직 이루어지지 않았음을 환기하는 것이다. 비교적 많은 연구 성과가 쌓이고 어느 정도 정리가 되어 문학사의 한 페이지를 구성하고 있는 1980년대의 시와 시인에 비해,

1990년대에 대한 연구는 아직 요원해보인다.

그러면서도 개인적인 심정을 토로하자면 1990년대의 시란 무엇인가, 라는 질문을 던지는 것이 꼭 필요한지 의문이 들기도 한다. 이는 지금까지 시문학사에서 관례화되어온 10년 단위의 문학사를 반복하는 것으로 보이기 때문이다. 문학사의 경사가 일정한 주기를 가지는 것이 아닐진대, 1990년대라는 시기를 지목하여 시를 논하는 것이 자칫 다시 한번 경계를 위한 경계 짓기에 머무르는 것이 아닐까 생각도 드는 것이다. 여기에는 해당 시기의 문학적 특성을 개략적으로 기술하고 추론하는 데 그칠 수 있다는 염려가 스며 있다.

다른 이유의 망설임도 있다. 당시 많은 시들에서 1990년대만의 특성이란 것이 그렇게 분연히 구획되는 듯 보이지 않기 때문이다. 1990년대의 시들에는 1980년대의 거인과 이후 2000년대의 유령들이 동시에 어른거린다. 이들은 1980년대에서 벗어나느라고 1980년대적인 것을, 새로운 것을 추동하느라고 2000년대적인 것을 상상하며 이웃하였다. 양자가 한꺼번에 들어와 있는 것이다. 이것은 1990년대 시의 지정학적 운명이다. 이 운명은 1990년대 시를 독특한 것으로 조망하려는 시도를 격려했다고 볼 수 없다.

이 책은 이러한 우려와 망설임을 의식하면서 이를 넘어서려는 시도이다. 즉 1990년대 시가 가진 중간적 모습(물론 우리가 어떻게 시대 구분을 하든 모든 시대는 중간적인 성격을 띨 것이다) 이상의 중요성을 통찰하려는 것이다. 1990년대는 다른 어떤 시기보다도 시문학사에서 중요한 자리에 위치해 있다. 1980년대의 윤리와 진리의 버팀목으로서의 시, 이데올로기적 부피로 공고했던 시를 밀어내고 이로부터 자유로운 인식과 새로운 감각을 창출해냈기 때문이다. 21세기를 가능하게 한 이러한 1990년대의 전환은 사실 놀랍기만 한 일이다.

문학사에서 이전 시대의 강고하고 단단한 지평을 헐어내는 일은 어떻게 가능한가? 문학사라는 것이 한 시대에서 다른 시대로의 단순 대체가 아니라는 것을 생각해보면, 몇몇 도전적인 시인들에 의해 새로운 것이 추동되고 이후 전면화되는 과정은 중요한 변화가 일어나는 시기의 핵심이라 할 수 있으며, 1990년대는 이러한 수순을 선명하게 보여주는 시기에 해당된다. 이 명확한 움직임이야말로 새로운 시대로의 전환을 가능케 한 1990년대 시의 힘인 것이다. 1980년대와 멀어지면서 2000년대로 이어지는 교두보로서의 면모 말이다. 이것이 바로 1990년대 시의 정체다. 그 능동적 의미가 그동안 진지하게, 합당한 주목을 받으며 숙고되어왔는지는 의문이다. 우리는 1980년대 시가 어느 날 황급히 퇴각하였고, 1990년대 시는 위대한 시대가 사라진 뒤 그 남겨진 빈 공간을 뜻하지 않게(무관심하게, 개인주의적으로) 떠안았다는 식으로 생각해온 것은 아닐까? 이런 내러티브에서는 어떻게 1990년대의 시가 1980년대와 맞서고 새로운 방향으로 나아갈 수 있었는지 관심을 갖기도, 탐구하기도 어려울 수밖에 없다.

이 책은 이러한 고민의 산물이다. 섣부른 판단보다는 전체와 부분을 동시에 감지하는 글을 쓰고자 했다. 1970~80년대와 구분되는 1990년대 시의 주요한 정향을 살펴보아야 한다는 것과 이것이 어떠한 움직임을 거쳐 가능했는지 추적해야 한다는 생각이 동시에 들어 있다. 이러한 작업은 한 세기를 마감하고 새로운 세기가 다가오는 징후들을 감각하는 일에서부터 출발한다. 1990년대의 신호가 보다 또렷하게 나타나는 시들과 동행하면서 이들이 새로운 문맥을 창출해가는 과정에 다가가는 일 말이다. 그리하여 당시 쏟아져나왔던 수백 권의 시집 중에서 1990년대적 새로움을 담고 있는, 극히 일부의 시집을 통해 본 1990년대 시문학사를 쓰게 되었다. 이 시기를 바라보는 하나의 시선을 제출하게 된 것이다. 이것은 일정한 논리적 구획을 가지고 시작한 것이 아니기에 한편 느슨한 작업으로 보일 수 있지만, 어떠한 기준에도 의존하지 않고 이전 시대의 발성이나 호흡과 다른 것을 생성시킨 시집 앞에 멈춰서 오래 들여다본 결과이다.

실제 작업은 2012년 12월부터 2016년 2월까지 2~3개월 간격으로 『현대시학』에 연재하면서 진행되었다. 해당 시인들의 첫 시집이었다는 것(황인숙의 경우만 두번째 시집이었다. 그의 첫 시집은 『새는 하늘을 자유롭게 풀어놓고』이며 1988년에 나왔다. 하지만 그는 1990년대 시인에 속한다는 판단이었다) 외에 부연하지만 시집 선정에 특별한 이유가 없었음을 밝혀둔다. 사유나 대상, 방향이나 화법, 감각에서 혁신적이고 자발적인 기척이 탐지되는 시집을 대상으로 했을 뿐이다. 이 기척에 귀기울이고 이것이 살아 역사를 촉발하는 과정을 탐사하고자 했다. 첫 시집을 대상으로 한 것은 1990년대에 첫발을 디딘 시인들의 최초의 발성 속에, 비록 인식론적으로 뚜렷하게 자각되지는 않지만 새로운 시도들이 출현하고 있기 때문이다.

논의된 시집은 총 13권이다. 개개의 면모를 일별해보면, 우선 1980년대가 사라져가는 잔해 위에 서 있는 함성호와 노태맹의 시는 당시 시에서 보편적으로 나타났던 위대함과의 결별이라는 맥락에서 의미가 있다. 위대한 세계와의 결별은 이후 보잘것없는 세계나 개인의 시대를 알리는 신호탄과 같은 것이다. 이의 본격적인 전개는 거대한 세계와의 거리 두기나 미시적 사유로의 전환, 그 속에서 새로운 독법을 펼치는 장경린, 최정례의 시들에서 나타나고 있다. 장경린은 탈문맥과 기호화로, 최정례는 미시적 시각의 전면화로 이전 시대를 탈피하는 모습을 보여준다. 그리고 이러한 방식으로 중심을 벗어나는 두 시인의 고유성은 여하한 의미를 구성하지 않고 의미로부터 놓여나는 허연에게서도 감지된다.

상이한 맥락이긴 하지만 김기택이나 김언희의 경우에는 육체의 출현이 두드러진다. 김기택에 이르러 비로소 육체화된 사물과 김언희의 노골적으로 전시된 육체는 이전의 관념적 패러다임을 완전히 뒤바꾸어놓은 대표적 경우다. 이들 시에 나타난 발견으로서의 육체는 생각하기 전에 먼저 놓여 있음을, 사유에서 벗어나 작동하고 있음을 명료하게 증언하는 것이다. 이는 들끓던 이데올로기와 관념의 퇴조를 시사하고 있다.

주체의 층위는 박상순, 함기석, 강정에게서 변모된 양상을 보인다. 이데올로기적인 공동체와 명확하게 분리되는 박상순의 불순한 개인, 경계를 넘나들며 출몰하는 함기석의 경쾌한 소년, 정체성이 의심되고 흔들리고 사라지는 강정의 존재가 1990년대의 새로운 주체들이다. 이들은 자리에서 이탈하거나 자리가 없으며 이전

시대와 같은 동료가 없다. 여기에 그렇게 빨리 시대를 앞질러 나타난 서정학의 무력하고 무의미한 인공 주체는 2000년대를 예비하는 것이나 다름없다.

새로운 화법과 감각의 요소도 매우 중요하다. 진이정의 탈문법적이고 다성화된 발성이 말을 폭발시키는 현장이나, 모든 무거운 중력으로부터 해방된 황인숙의 발랄한 감각은 1990년대의 대기를 탈바꿈시켜놓는 역할을 했다. 가장 직접적이고도 본격적으로 새로운 호흡을 선보인 1990년대의 창시자들이다.

1990년대는 인식, 육체, 감각, 화법, 자아나 주체의 지각판이 다양하게 이동한 시기였다. 어느 한쪽이라기보다는 여러 층위에서 도발적 변화가 일어나고 이 변화들이 서로 미세하게 영향을 미치며 생성된 시기라 할 수 있다. 즉 모두가 다른 곳에서 움직였지만 기존의 판도에 균열을 내고 새로운 방향으로 이후 세대를 추동해 냈다는 점에서는 공통적이다. 시인들은 마치 점조직처럼 불균형하게 움직이면서 동시다발적으로 파열을 일으킨 것이다.

생각해보면 문학의 변천이 단순한 자리와 점유의 상속으로 이루어진 적은 없었다. 그것은 대개 긴장이나 싸움의 형식으로 진행되게 마련이다. 근대 문학사를 일별했을 때, 아니 1960년대 이른바 '한글세대'에 의한 헤게모니 장악과 1950년대 문학의 몰락(그들은 '한국어를 제대로 구사하지 못한다'는 놀랍고 불필요한 낙인까지 찍힌 채 퇴장하였다)만 보더라도 이 일이 어떤 식으로 진행되는지 알 수 있다. 그런 점에서 1980년대라는 이념의 시대가 순순히 물러갔다는 생각, 그 시대가 소멸한 뒤 1990년대의 개인이 당연하게 대두한 것이라는 생각만큼 순진한 발상도 없을 것이다. 이 교체에 어떤 격렬한 작용과 반작용, 싸움이 있었다고 보는 데 대단한 통찰이 필요한 것은 아니다. 주지하다시피 1980년대 문학은 매우 거대하고 강고하였으며, 1960년대 이후 거의 30여 년 동안 건설되고 유지된 집이라고 할 수 있다. 그것은 어느 날 갑자기 저절로 사라지고 형해화된 것이 아니다. 1980년대에서 1990년대로의 이동은 1950년대에서 1960년대로의 이동만큼이나 격심한 파괴와 지형의 변경을 가져왔던 사건이라고 보아야 한다.

즉 1990년대는 이전 시대의 강고한 리얼리즘과 싸움을 벌였으며, 이 싸움을 통해 1990년대가 형성되었고, 이후 리얼리즘 문학이 주류에서 밀려나게 된 것이라고 말할 수 있다. 이 싸움의 효과와 영향은 주지하다시피 지금까지 감지되고 있다. 1990년대의 싸움은 그 압도적인 결과 때문에라도 과소평가될 수 없다. 시인들은 각자의 방식으로 이전 시대에 대한 공습을 감행한 것이다. 그런 점에서 1990년대는 가히 '공습의 시대'라 할 수 있다. 1960년대 초의 세대 전쟁이 그랬듯 1990년대 문학 역시 공습으로 앞 세대의 공간을 파괴하였다. 그러나 차이는 있다. 1960년대를 연 주축은 평론가들이었다. 1990년대에 그 역할을 한 것은 시인들이었다. 다만 시인들은 모임을 결성하거나 공동의 무엇을 표방하지 않았다. 아마 1990년대의 싸움이 조용하고 비밀스럽게 남은 것은 이 때문인지 모른다. 이 책은 그들의 고독한 싸움을 들여다보려 한 것에 불과하다.

결국 1990년대를 열어젖힌 시의 힘은 홀로 있는 시들에서 나왔다고 할 수 있다. 1980년대의 아우라와 휘장에 싸여 있던 시가 아니라 홀로 싸우며 멀리 나아간 시들, 고립적이고 위태로워 보였지만 그것이 독자적 탐험이 되었던 시들로 인해 1990년대는 국지적이고도 본격적인 싸움을 수행할 수 있었다. 이 책에서 다루고 있는 시집들의 면면이 그러하거니와 여기에 수록되지 않은 많은 홀로 있는 시집들의 고투가 1990년대를 만들고 있다. 거의 불가능에 가까운 고독으로 말이다. 이 고독은 이후 2000년대의 시들에서는 찾아보기가 쉽지 않다. 세기를 넘어서면서 이 강렬한 고독은 탈피되는 쪽으로 진행되었고 21세기의 음성들은 곧 동시적, 동서(同棲)적 활력을 되찾은 것으로 보인다.

이러한 이유 때문일 것이다. 이 책에서 살펴보고 있는 시집 중에는 출간 당시 어느 정도 주목을 받은 것도 있지만 대개는 그러지 못한 쪽에 가깝다. 특이하다고 여겨지기는 해도 외면되거나 적절한 평가를 받지 못한 경우가 대부분이다. 물론 당대의 평가가 지금 와서 많이 달라졌는지도 의문이다. 대상 시인들 중에는 지금까지 활발한 활동을 하는 시인도 있지만, 작품 세계가 밝혀지지 않은 채 더이상 시를 쓰지 않거나 사라져버린, 그리고 타계한 시인도 있다. 1990년대 시는 아직도 고독한 싸움을 치르고 있는 중이다.

허락 없이 읽고 글을 쓴 대상 시집들과 시인들에게 이 자리를 빌려 감사를 전한다. 한 편 한 편 쓸 때마다 찾아왔던 경이를 어떻게 표현해야 할지 모르겠다. 또 아주 천천히 쓴 이 글들을 연재해주었던 현대시학에 마땅히 감사를 드린다. 좋은 지면이 아니었다면 내가 시인으로서의 활동을 시작했던 1990년대를 별생각 없이 떠나갔을 텐데, 글을 쓰는 동안 우두커니 그 속에 서서 생각에 잠기곤

했다. 모두들 떠났다고 생각되었던 자리에서 1990년대의 시인들과 뒤늦은 만남을 갖게 된 것은 모두 현대시학 덕분이다. 흩어진 글들을 책으로 묶어 준 문학동네에도 깊이 감사드린다. 책은 어느 경우에도 높고 험난한 것임을, 책으로 만들어진다는 것은 특별한 도약임을 다시 한번 체감한다. 마다않고 고생해준 김민정님에게 손 내밀어 특별한 고마움을 전한다. 그리고 마지막으로 이 글을 쓰는 몇 년간 내내 같이해준, 1990년대 출간되었던 모든 시집에 경의를 표한다.

2016년 12월

이수명

1990년대 시란 무엇인가

1. 1990년대 시의 시사적 의미

2000년대에 들어선 지도 15년을 훌쩍 넘긴 시점이지만, 1990년대의 시문학은 아직 완료되지 않았다. 우선, "현재가 과거에 의해서 영향을 받는 것과 마찬가지로 과거가 현재에 의해서 변화를 받아야 한다"[1]는 T. S. 엘리엇의 말처럼 현재의 시가 부단히 움직이고 있기 때문이다. 지금 여기 시의 현재진행형적 성격은 이와 조응을 이루는 이전 시대의 문학 역시 움직이게 만든다. 주지하다시피 2000년대 들어서 우리 시의 폭과 다양성은 유례가 없을 정도로 확장되었다. 중요한 변화들이 곳곳에서 감지되었고, 변화의 거점들이 발화되고 있는 동안에도 불꽃은 다른 곳으로 옮겨가곤 하였다.

---

1) T. S. 엘리엇, 「전통과 개인의 재능」, 『문예비평론』, 최종수 옮김, 박영사, 1974, 14쪽.

포괄적인 해명을 기다리지 않고 시는 더 빨리 더 멀리 나아가고 있어서 현재의 징후를 예단하기가 쉽지 않다. 이렇게 오늘날의 시가 빠르고 다채롭게 변화하면서 이전 시대인 1990년대 시를 조망하기 어렵게 하고 있다. 지금 여기의 불확실성이 바로 앞선 시대의 불투명성을 야기하는 것이다. 이것은 부단히 작동하고 있는, 현재가 과거에 끼치는 영향이다.

물론 그 반대의 방향도 존재한다. 과거와의 관계에서 1990년대를 규명하는 것은 더 기본적이고 필수적인 일이다. 어느 시대를 막론하고 한 시대의 문학적 특징을 앞선 시대와 견주어 살펴보는 것은 이질적인 두 차원의 논의 위에서 진행된다. 그것은 연속성과 독자성이라는 차원인데, 한 시대의 문학적 경향은 언제나 이 연속성과 독자성의 문제를 어떤 범위에서 해결하느냐에 따라 결정되곤 한다. 시문학사 서술에서도 이것은 가장 민감한 부분이다. 앞선 시대의 시에서 어떤 것을 계승했는지, 또 어떤 대립과 변별성을 확보했는지를 살펴봄으로써 우리는 한 시대의 시의 역사를 이해할 수 있다.

따라서, 1990년대 시가 바로 전시대인 1980년대 시의 거대한 분출, 강한 효과와 어떻게 대면하고 있는지를 먼저 숙고해보아야 한다. 1980년대는 한편으로는 현실적, 민중적 형체를 담보하면서 또 한편으로는 문학 제도권과 관습을 해체하는 전투적인 실험을 행함으로써 다른 어느 시대보다도 시의 정체성을 또렷하게 제시해준 시대였다. 다시 말해 1980년대는 다른 어느 때보다도 현실 속에 시의 입지를 실현하면서, 동시에 강고해 보이는 기성의 권위를 흔들고 조롱하는 것으로 뚜렷하게 획을 그어 보인 시대였다고 할 수 있다. 따라서 이러한 1980년대의 시를 1990년대가 과연 어떤 방식으로 이어받아 그 나름의 독자성을 모색해나갔는지부터 먼저 살펴봐야 할 것이다. 요컨대 1980년대를 어떻게 마감하고 새로운 전환을 준비했는지, 이 점을 살피는 것이 선결 과제이다. 이 문제는 아직도 충분히 숙고되지 않은 채 미완인 상태로 남아 있다. 1980년대 문학 연구 성과가 축적되어가는 것에 비해 이것이 1990년대 속으로 어떻게 흡수되어갔는지에 대한 연구는 여전히 미흡하기만 한 실정이다.

1990년대 시란 과연 우리에게 무엇인가. 1980년대와 2000년대의 중간에, 1980년대 시의 거대한 운동과 2000년대 시의 격동의 확산 가운데에 위치하고 있는 1990년대 시의 실제적인 의미란 무엇인가. 이러한 위치 자체가 외관상 1990년대 시의 입지를 협소하게 만들기도 하고, 한편으로는 입체적으로도 만들어주는 것일 때, 그 문학사적 함의를 어떻게 이해해볼 수 있는가. 이러한 문제들은 이 시기 시의 내용을 구체적이고도 전반적으로 점검할 필요를 제기한다. 사실상 1990년대 시는 1980년대의 유산과 2000년대의 조짐 사이에서 모종의 싸움과 조정을, 나아가 새로운 모색을 준비하고 있었기 때문이다. 분명한 것은 이러한 돌파가 1990년대를 넘어서 이후에도 지속적으로 효력을 미친다면, 우리는 양 시대와 다른 1990년대의 감각을 이제는 지도화하고 유형화해볼 필요가 있다는 사실이다. 그리고 무엇보다 새로운 세기에 들어선 지금도 적절한 조명을 받지 못한 것처럼 보이는 1990년대의 고유성을 새롭게 조명하는 것이 1990년대만의 문제가 아니라 1980년대, 그리고 또한 현재의 시에 접근하는 한 통로라는 것도 염두에 두어야 한다. 1990년대 시의 성격에 대한 미세한 탐색이 불가결 요구되는 것이다.

2. 넓이의 시대

1990년대에는 실로 많은 시집들이 쏟아져나왔다. 1980년대에 비해 거의 압도적인 양적 팽창이며 이 팽창 속에서 다양한 포지션들이 움트기 시작했다. 간략하게 10년 동안 간행된 시집들을 살펴보면 문학과지성사에서는 1990년 6월 강창민의 『물음표를 위하여』로부터 1999년 12월 이나명의 『그 나무는 새들을 품고 있다』에 이르기까지 153권, 창작과비평사에서는 1990년 2월 송기원의 『마음 속 붉은 꽃잎』으로부터 1999년 11월 이동순의 『가시연꽃』에 이르기까지 112권, 민음사에서는 1990년 3월 정화진의 『장마는 아이들을 눈뜨게 하고』에서부터 1999년 7월 백주은의 『지금 어디에 계십니까』에 이르기까지 68권, 세계사에서는 1990년 4월 최승호의 『세속도시의 즐거움』에서부터 1999년 12월 김재혁의 『내 사는 아름다운 동굴에 달이 진다』에 이르기까지 94권에 이르렀고, 이들 주요 출판사에서 1990년대에 출간한 시집은 총 427권에 달하는 것으로 집계되었다. 특히 문지와 창비의 경우는 1980년대의 약 두 배에 해당하는 시집을 출간하였다.

전대에 비해 이와 같은 많은 시집이 출간된 것 자체가 우선 주목할 만한 일이다. 양만 많아진 것이 아니라 내용도 다양해졌다. 이는 1980년대의 힘찬 약동과는 대비되는 1990년대의 다성적 목소리를 암시한다. 1980년대의 분출이 다분히 역사적이고 사회적인 맥락을 거느리고 있었던 것에 비해, 1990년대는 이에 대한 부담이 열어지거나 이데올로기의 그림자를 벗어던지고 역사적, 사회적 그물망으로 건져 올릴 수 없는 개인이나 일상, 육체, 감각과 같은 미시적인 차원에서 출발했다. 1990년대의 다양한 스펙트럼은 이 미시적인 영역의 확산에서 기인한 것이다. 그것은 거대한 중심과의 싸움이나, 양극화, 억압, 확고한 주체로 환원될 수 없는, 미립자와 같은 세계의 실질적인 가능성과 현전이다. 이 잠재적 세계는 그동안 거대 이데올로기에 가려 마치 존재하지 않는 것으로 생각되었는데, 1990년대가 고유하게 이 부분을 가시화시킨 것이다. 이제 세계는 전처럼 거대 현실의 파워와 구심력을 작동시키는 것만으로 충분하지 않을뿐더러 구심력 자체도 제대로 작동하지 않게 된 것으로 보인다.

1990년대의 시의 특징에 대해서는 몇몇 개괄이 있다.[2)] 논자들이 기술하고 있는 1990년대 시는 상당 부분 이와 같이 변화된 분위기에 초점을 맞추고 있다. 깊이나 높이보다는 넓이의 시대인 1990년대에 그동안 잠재적이거나 가라앉아 있었던 개인, 일상, 문명, 여성, 몸, 생태와 같은 담론들이 발견되고 의미를 갖기 시작한 것에 주목한 것이다. 그들의 의견처럼 이들 문학 담론의 생성 자체가 1990년대의 풍토를 조성하는 데 기여했음은 물론이다. 전시대와 구별되는 이러한 다양성이 1990년대의 자리를 입체적으로 만들어주었던 것이다. 하지만 이 각각의 담론들은 개괄적이고 결론적인 범주의 성격에서 나아가 보다 더 세밀한 문학적 맥락으로 연결되어야 할 과제를 안고 있다. 이 담론들이 당시의 시들 속에서 어떻게 움트고 발아하기 시작했는지 작품 속에서 구체적으로 추적되어야 한다. 고유한 발성이 비롯되는 자리를 찾아내고 그 의미와 맥락을 이해할 수 있을 때에야, 1990년대의 새로움이 생성, 유지되고 발전되어 후배 세대에 흘러들어가는 과정을 비로소 조망할 수 있다.

앞으로 12회에 걸쳐 쓰일 1990년대 시문학사는 이러한 문제의식에서 출발한다. 1990년대에 출간된 시집을 대상으로 하되, 단

---

2) 시문학사 서술에 1990년대는 아직 포함되지 않은 경우가 더 많다. 몇몇 연구들에 나타나는 1990년대의 풍경을 요약해보면 다음과 같다. 이광호는 1990년대를 "개인의 문화적 삶의 문제와 관련된 새로운 시적 주제"들이 떠오른 시기로 파악하면서, "죽음과 소멸의 미학, 도시적 일상성의 탐구, 대중문화와의 접속, 디지털 환경과 사이버 세계, 몸의 시학, 여성주의와 섹슈얼리티, 생태학적 상상력, 정신주의의 세계 등 다채로운 테마들은 전시대에 볼 수 없었던 세계 인식의 다원화를 가져왔다"고 평가한다(이광호, 「1990년대 시의 지형」, 김윤식, 김우종 외, 『한국현대문학사』, 현대문학, 1989, 614쪽). 오형엽은 1990년대의 시의 지형을 시대적 주변성, 도시적·농촌적 주변성, 존재론적 주변성이라는 주변의 시학과, 과거와 현재와 미래의 경계, 대중문화에 대한 매혹과 반성의 경계, 문명과 자연의 경계, 동일자와 타자의 경계라는 경계의 시학을 씨줄과 날줄로 삼아, "도시적 일상성의 시, 자연·생명·환경을 추구하는 시, 여성성의 시쓰기"로 나눈다. 그는 주변과 경계라는 두 축을 중심으로 1990년대 시의 영역화를 시도한 것이다(오형엽, 「전환기적 모색, 근대와 탈근대의 경계에서」, 『1990년대 문학 어떻게 볼 것인가』, 민음사, 1999, 133~134쪽). 유성호는 1990년대의 시가 "강과 같은 지속성, 또는 순리의 표상으로 나타나지 않"으며, "역류나 혼류, 또는 수많은 지류 같은 불확실투성이의 형상을 내장"한 것으로 "수많은 흐름이 한데 모여 흐름 자체가 소멸되어버린 소용돌이"로 비유한다. 이와 같은 1990년대의 특징은 몇몇 커다란 움직임으로 가시화되었는데, 그의 논의의 핵심은 정보화, 탈냉전, 포스트모더니즘, 생태론의 대두를 예로 들어 1990년대가 "1980년대의 긍정적, 부정적 시적 유산을 지양, 극복하는 곳에서 시작되지 않고 그것과의 차별화를 선점하려는 전략에서 시작"된다고 본 점에 있다. (유성호, 「탈냉전의 시기(1991년~2000년)」, 오세영 외 지음, 『한국현대시사』, 민음사, 2007, 534~536쪽).

지 1990년대를 조망하는 범주들의 개괄적 적용이 아니라, 앞 시대의 사유나 감각에 맞서는 독자적인 작은 기준과 감각의 양상, 언어의 입체적인 운동에 초점을 맞추고자 한다. 작은 기준은 이를테면 1990년대 시적 자아의 특성이나 세계와의 거리 등을 예로 들 수 있다. 1990년대의 자아는 1980년대의 거대 자아를 어떻게 무력화시키면서 특유의 방식으로 나타났는가 하는 것이다. 새로운 자세, 새로운 발성, 새로운 감각, 1990년대 자아의 새로운 표상을 추적해봄으로써 1990년대 시에 다가가 볼 수 있다. 이는 주제나 소재 차원의 거대 서사가 아니라 자아가 어떻게 세계와 대면하고 있는가, 어떤 호흡으로 서 있는가를 직시해보는 것이다. 중요한 것은 1990년대 들어와 변화된 환경이 아니라, 그것을 가능케 하는 시적 자아의 위치와 태도, 감각이기 때문이다.

3. 새로운 출현들

민중시와 실천을 중시하는 리얼리즘 시가 우세했던 1980년대는 한마디로 거대 세계와 거인들의 투쟁의 장이었다고 할 수 있다. 세계가 크고 체제는 확고해 보였기에, 이와 대적을 해야 하는 자아도 당연히 큰 것이어야 했다. 이 자아는 거대한 싸움을 하고 위대한 윤리와 역사의 편에 선 것으로 보였다. 또한 진리를 담보한 이상적 면모를 지닌 것으로 여겨지기도 했다. 시는 시대와 정신의 선두에 서서, 순결한 파토스를 확장해나가는 데 일정 역할을 할 수 있고,

해야 하는 것으로 생각되었다.

자아는 크기만 했던 것이 아니다. 선명하기도 했다. 체제가 위압적인 힘으로 명백하게 노정되어 있었기 때문이다. 이 경우 체제에 맞서는 자아의 선명함이 요구된다. 1980년대의 시는 대타 의식, 즉 공격의 목표와 대상이 명확했기에, 이와 대결할 수 있도록 자아를 현실화시켜야 했다. 이것이 1980년대의 모험이다. 바로 자아가 현실적으로 얼마만큼 크고 선명해질 수 있는지 경험하게 된 것이다.

자아가 크고 뚜렷하다는 것에 덧붙여 지적해야 할 것은 자아와 세계의 연결이다. 자아는 싸움이라는 가장 직접적인 방식을 통해 세계와 연결된다. 싸움은 싸움에 관련된 양자를 긴밀하게, 감정적으로 연루시키게 마련이다. 세계가 뚜렷한 힘과 효과로 존재하고 있기에, 싸움은 자아가 세계에 대해 이전과 비할 수 없는 크고 강렬한 감정을 가지게 만든다. 증오든, 애정이든, 회한이든, 연민이든 세계를 향해 무겁고 위대한 감정을 유지하고 발전시키게 된다. 1980년대의 시대적 표징이 바로 이 거대하고 뜨거운 감정이다. 당시의 자아는 도무지 세계와 거리를 가질 수 없었던 것이다.

1990년대는 이러한 성격과 명백히 차별성을 가진다. 우선은 1980년대 상황의 급격한 변화가, 그리고 이와 연동된 자아의 위상이 주요한 원인임은 말할 것도 없다. 정치적 억압과 갈등의 시대에 전위로서의 역할을 담당하던 시는 1987년 6월 항쟁과 뒤이은 정치 상황의 급변으로 말미암아 이념적 전선이 사라진 새로운 혼돈과 모색 속으로 들어가야 했다. 이 과정에서 역사와 정치의 퇴조는 대립항으로서의 자아의 위상에도 큰 변화를 요구했다. 저항과 비판의 각을 세울 수 있었던 위대한 자아의 형상이 도전을 받게 되었다. 이 도전은 1980년대와는 급격히 달라진 환경 속에서의 1990년대 자아에 의해 수행되었다.

중요한 것은 세계와 역사의 크기가 줄어들거나 그 직접적 영향력이 감소했다고 해서 문학이 이를 직접적으로 반영하는 것은 아니라는 점이다. 문학의 변모는 당연하게 문학 내의 동력으로 진행된다. 변화된 상황이 문학에서 자각되기 위해서는 이를 가시화시킬 자아의 새로운 움직임이 있어야 한다. 시에서 이것은 1980년대와 싸움을 수행하는 1990년대 자아에 의해 가능했다. 1980년대를 밀어내는 이 자아는 이전과 달리 불투명하거나 작은 자아이다. 이제 세계는 강압적인 정치나 역사, 제도와 같은 강력한 타자로서 우뚝한 것이라기보다는 도시, 문명, 일상, 대중문화, 환경, 죽음, 미디어, 성과 같은 다양한 얼굴로 세분화되고 영향력도 상대화되었기 때문이다. 이전처럼 거의 일방적으로 행사되었던 세계의 영향력이 줄어들고 자아는 이로부터 어느 정도의 거리를 가질 수 있게 된 것이다.

이것이 미시적 자아의 조건이다. 1980년대의 크고 적극적인 자아는 사실 필연성과 밀접하게 결합되어 옴짝달싹하지 못하는 형국이었다. 하지만 이제 세계와의 관계는 이전처럼 결박된 것이 아니기에 1990년대의 자아는 미세하지만 독자적이고 자립적인 호흡으로 이전의 자아와 대결할 수 있게 되었다. 세계와의 거리가 발생함으로 인해 자아는 숨을 수도, 변형을 감행할 수도, 반응을 하지 않을 수도 있게 되었으며, 세계와의 대면 자체를 스스로 조절할 수 있게 된 것이다.

변화의 정황 중의 또다른 것은 1990년대 시가 눈에 띄게 감정을 축소시키고 있다는 사실이다. 감정은 이전처럼 거창하거나, 당연하거나, 순결하지 않을 수 있게 되었다. 일단은 세계와의 거리로 인해 감정이 그렇게 강렬하지 않게 된 탓이지만, 이 작은 자아는 단지 작기만 한 것이 아니라, 의혹하고, 흔들리고, 감춰지고, 삭제되기까지 하고 있어서 감정이 형성되는 데 필요한 시간적 동일성을 담보하지 않는다. 무엇보다 감정의 현격한 감소를 보임으로써 1990년대의 자아는 1980년대의 뜨거운 자아와 뚜렷한 차이를 지니게 되었다.

물론 감정의 소실은 한순간에 이루어진 것은 아니다. 그 특성상, 자신의 대상이 사라지고 상황이 변화된 후에도 감정은 오래 남아 있기 때문이다. 사실상 1990년대에 들어서도 저변에는 한동안 커다란 감정이 시에 팽배해 있었다. 증오나 사랑 같은 가파른 감정이 연민과 후회로 경사를 줄이고 넓어지면서 감정이 산문성, 서정성으로 변모하는 양상을 보여주었다. 이것은 1990년대에 서정성의 회복이라는 기치하에 조명되기도 했다. 신서정이라는 말로 범박하게 회자되었던 새로운 서정의 도래라는 것도 귀환되고 확장된 이전 시대의 감정이라 할 수 있다. 그것은 새로운 것이라기보다는 모태를 가지고 있었던 것이다. 따라서 1980년대적인 감정은 1990년대의 심부 속으로 들어와 일정 기간 생존하고 변형되었다고 할 수 있다.

물론 이러한 전 과정, 즉 앞선 시대와의 싸움과 지속이 혼효되는 과도기 속에서도, 아니 그것을 통하여 더 뚜렷이 1990년대적인 새로움이 나타나고 있었음은 주지의 사실이다. 완전히 탈피되지 못한 무엇이 잔존해 있다 할지라도 이전과는 구분되는 새 시대의 언어가 부정할 수 없게 서서히 출현하고 있었던 셈이다. 당시 출간된 시집들에서 미시적 자아와 감정의 축소를 바탕으로 하여 인식이나 화법, 감각 층위에서의 새로운 발상과 도전들이 이미 두각을 나타내고 있었다. 본문에서는 이러한 양상이 유의미한 효력을 지니는 13인의 시집을 대상으로 1990년대 시문학사를 구성해보고자 하였다.

먼저 인식의 층위에서는 인간적이고 격렬한 통사적 역동성이 이자(利子)라는 기호로 차례로 소환되거나 소멸되는 장경린의 시가 있다. 인간과 대상이 평등하게 이자 속으로 뭉개지는 이러한 급진적 사유는 최정례 시에서의 전체의 부분으로의 해소와 같은 전복적 사유와 상통되는 면이 있다. 시간을 순간으로, 사건을 이미지로, 개인을 미지로 단자화시켜나가는 최정례 특유의 사유 방식이 이자의 고립과 파편성에 닿는다. 그리고 이렇게 중심으로부터의 탈피라는 이들의 공통된 사유는 의미를 구성하지 않는 허연 시의 낮고 중얼거리는, 구조화할 수 없는 내면에서도 엿볼 수 있다.

1990년대 시인들에게 육체가 새롭게 부각되는 점은 다른 차원에서 각별히 주목을 요한다. 김기택에게서 대상은 관념의 포획이 아니라 관찰과 발견의 대상이다. 관찰은 관념적이거나 이데올로기적인 것이 아니라 선명하게도 가시적인 것, 육체 자체, 즉 육체성을 향해 있다. 이렇게 육체가 눈앞에 구체적으로 제시되는 현장감은 진이정에게 오면 언어가 촉발한다. 육체의 자리를 언어가 채운다.

육체를 갈구하고 구현하려는 언어들의 카니발이 전면화되어 언어가 육체가 되는 극적 전환이 이루어진다. 또다른 육체, 정신의 기미를 전혀 발견할 수 없는 자동적이고 물화된 육체의 전형은 김언희에게서 나타난다. 아이러니와 반성이 사라진 이 이색적 육체는 모든 가능성이 소진된 물화된 세기말의 전시적 육체이며, 그는 이 과잉된 육체성을 1990년대의 한 기표로 등록시켰다.

시 속에서 주체(퍼소나, 자아 등등으로 명명될 수 있는)의 변모된 양상도 1990년대적 특장으로 놓칠 수 없다. 박상순 시에서 개인이 공동체로부터 분리되고 경계의 선을 긋는 장면은 1980년대의 공동체 유토피아가 명확하게 사라지는 현장이다. 공동체 밖으로 튀어나가 존재하는 개인이야말로 공동체의 의미가 개인에게 더 이상 작동할 수 없게 되었음을 알리는 명백한 증좌다. 이 뚜렷한 1990년대의 도래는 함기석의 소년의 출현으로 힘을 얻는다. 질서를 조롱하고 넘나드는 함기석의 소년은 이전과 비교할 바 없이 가볍고 활기차기만 해서 주체라기보다는 차라리 1990년대의 새로운 동사로 보인다. 이 출렁임과 잘 어울리는 것이 강정 시의 주체들이다. 그의 시에서 존재들의 빈번한 전이, 비어 있는 주체 등은 새로운 세기에 나타날 주체의 교환, 틈, 결락, 어긋남의 전조로 보인다. 기성의 무대를 처단하고 새로운 세기를 자극하는 격발성도 인상적이다. 예외적이고 문명적인 주체는 서정학 시에 나타난다. 자연적이고 친화적 주체로부터 완전히 대립적 위치에 놓이는 그의 인공주체는 기계적이고 특징이 없는 것이어서 1990년대의 무위와 무목적성에 잘 어울리는 면모를 지녔다.

1990년대에 쓰인 많은 시들이 새로운 시대의 새로운 감각을 선보이고 있는데, 황인숙의 감각은 단연 눈에 띈다. 모든 무거운 것으로부터 갑자기 해방된 황인숙의 언어와 발랄한 감각은 1990년대를 독자적인 것으로 들어올렸으며 새로운 시대가 도래했음을 즉물적으로 선언하는 것이었다. 이것은 1990년대가 본격적으로 열렸다는 명백한 신호였다. 한편 함성호나 노태맹에게서처럼 전시대적인 위대한 것을 구사하려는 듯한 작업들이 아직 중요하게 이루어지고 있었지만, 이들의 작업은 위대함의 붕괴와 그 폐허라는 맥락에서 진행되고 있어서 1990년대의 도래를 한층 돋보이게 한다. 크기는 이제 주요한 흐름이 아니었다. 그것을 부수는 되돌릴 수 없는 길로 시는 나아가고 있었다.

4. 두 개의 방향

시집 중심의 시문학사를 기술하는 데는 약간의 곤란이 있다. 그것은 개별적인 시집들을 통해 1990년대라는 한 시대의 위상을 창출해야 하는 어려움이다. 각각의 시집들을 징검다리로 삼아 연결과 고리를 찾아야 하고, 그러는 가운데 1990년대의 성격을 추적해야 한다. 겉보기에는 몇몇 시집을 중심으로 진행되는 것 같지만, 사실은 저변에 수많은 시집들의 물살이 존재하기에 가능한 것이다. 쏟아져나온 시집들의 총체적 발화가 만들어내는 시대적 무늬를 의식하고, 이 위에서 주요한 지표들을 형성하고 있는 시집들을 찾아내야 한다.

한 가지 더 지적하고 싶은 것은 1990년대에 쏟아져나온 시집들에서 발간된 연대와 해당 시집의 특성 사이에 간극이 있을 수 있다는 점이다. 생물학적 연대기로는 1980년대와 1990년대는 나란히 이어져 있다. 따라서 1980년대에 출간된 시집은 1990년대에 출간된 시집보다 더 이전의 피부 감각을 지니고 있고 그 시대의 분위기를 가지고 있을 것이라 생각되지만, 실제로 반드시 그런 것은 아니며 그 역도 마찬가지이다. 즉 1990년대에 출간되었어도 1980년대의 정서와 문제의식을 유지하고 있는 경우도 얼마든지 있고, 반대로 1980년대에 출간되었어도 1990년대의 분위기를 띠고 있는 시집이 있을 수 있다. 양 시대가 시대적으로 그렇게 떨어진 것이 아니기 때문이기도 하며, 또한 시는 계기적으로 진행되는 것이 아니기 때문이기도 하다. 사실상 시는 인식하고 움직이는 것이라기보다는 움직임으로써 인식하는 것이기에 이러한 혼돈과 모순이 발생한다. 따라서 이것은 오히려 자연스럽고 당연하기조차 하다.

어느 정도의 사후성을 가지고 이를 간략하게 살펴볼 수 있다. 먼저, 1990년대에 나왔지만 1980년대식의 거대한 역사와 싸움의 흔적을 가지고 있는 시집들이 있다. 자아는 이 싸움에서 아직 퇴진한 것이 아니며, 멀리 뻗은 감정을 아직 거두어들이지 않았다. 그 정서는 아직도 위대한 정서이며, 더 많은 것을 끌어안고 있기까지 하다. 이것은 한편 1980년대를 둘러싼, 1980년대에 대한 애도인 면이 있다. 1980년대를 한순간에 타자화할 수 없는 것이다. 다른 얼굴을 하고 재빠른 이별을 하기엔, 1980년대는 너무 과중한 관계를 요구하는 시대였던 까닭이다. 따라서 혁명 속에 꿈꾸었던 유토피아의 흔적들을 순결하게 간직하고 있는 시집들의 존재는 차라리 역사적인 장면이라 할 수 있다. 1980년대가 스러져가도 그 손짓은 시집의 구석구석까지 어루만진다.

이러한 몇 예를 들 수 있다. 유하의 시들[『바람부는 날이면 압구정동에 가야 한다』(문학과지성사, 1991), 『세운상가 키드의 사랑』(문학과지성사, 1995), 『나의 사랑은 나비처럼 가벼웠다』(열림원, 1999)]은 압구정동이나 세운상가 같은 자본주의의 물질적 속성이 가시화된 공간을 중심으로 새로운 감각과 호흡을 불어넣는 코드의 역할을 한 것으로 인식되어 온 측면이 있지만 거기에는 고향 '하나대'의 복원이라는 무거운 징후와 거대 서사가 아직 주요하게 틀거지 잡고 있다.[3] 그의 가벼운 공기는 곳곳에서 비판과 냉소에 붙들려 있고, 이 냉소의 표적은 우리가 싸움을 벌였던 1980년대의 기억을 바로 환기하는 경우가 많다.

허수경의 시들[『혼자 가는 먼 집』(문학과지성사, 1992)]은 고통과 상처로 얼룩진 존재를 녹여내고 세계와 하나 되기를 시도한 거대한 몸짓이라 할 수 있다. 이 몸짓의 직접성과 거대성은 실로 놀

3) 유하의 시를 둘러싸고 타락한 문화를 유희로 즐기는 것인지, 지배 이데올로기를 반성하고 비판하는 것인지에 대해 벌어졌던 논의들을 정리하면서 권성우는 유하의 시를, "압구정동이라는 유희와 축제가 만발한 정원에 회의, 비판, 해체, 전복의 나무를 동시에 심겠다는" 전언으로, 다시 말해서 "소멸하려고 하는 하나대의 풍속과 정취에 대한 묘사 자체가 압구정동으로 상징되는 '채움의 풍속'에 대한 반성, 비판, 해체"로 나타난 것으로 이해하고 있다. 이러한 이해는 비판과 해체라는 1980년대적인 사유가 유하 시에 바탕이 되고 있음을 암시하는 것이다. (권성우, 「압구정동의 유하 형께 보내는 서신」, 『비평의 매혹』, 문학과지성사, 1993, 232~234쪽).

랄 만큼 자연스러운 것이고, 거부할 수 없는 필연성을 지닌 것이었기에, 세계와의 틈을 가질 수 없었던 1980년대적 절대성을 되짚어 보게 한다.[4)]

그리고 함민복[『우울씨의 일일』(세계사, 1990), 『자본주의의 약속』(세계사, 1993), 『모든 경계에는 꽃이 핀다』(창작과비평사, 1996)]과 나희덕의 시들[『뿌리에게』(창작과비평사, 1991), 『그 말이 잎을 물들였다』(창작과비평사, 1994)] 역시 발화의 폭과 속도는 다르지만 이와 같은 몸짓의 친밀함, 순결성을 보존하고 있다는 점에서 허수경의 필연성과 동행을 하고 있는 경우라 할 수 있다. 또한 그 심연의 뿌리에서 지난 시대의 기억과 상흔들을 간직하고, 그것들과 느리고 깊은 소통을 하고 있는 박형준[『나는 이제 소멸에 대해서 이야기하련다』(문학과지성사, 1994), 『빵 냄새를 풍기는 거울』(창작과비평사, 1997)]과 이윤학[『먼지의 집』(문학과지성사, 1992), 『붉은 열매를 가진 적이 있다』(문학과지성사, 1995), 『나를 위해 울어주는 버드나무』(문학동네, 1997)]도 크게 보아 여기에 포함될 수 있다. 이들 모두의 시에는 새로운 시대와 새로운 표류를 뚫고 쇠닻처럼 내려서는 기억과 연대가 있다. 그 훼손되지 않은 영역이야말로 새로운 시대를 머뭇거리게 만드는 것이다.

1990년대에 나왔지만 1980년대적인 징후와 정서, 내면을 공유

---

4) 허수경의 시들이 "한 시대의 격정이 가라앉았을 때 그녀가 그 현실의 밑바닥을 훑고 유랑하면서 과연 그 이전의 열정과 이념, 투쟁적 몸짓들을 무엇으로 대체하려 하고 있는가 라는 물음 속에서 나와야 할 것이다. 그러한 것들이 바로 그녀의 시적 출발점"이라는 신범순의 지적은 1980년대와의 관련성으로 허수경의 시를 이해할 수밖에 없음을 시사하고 있다. (신범순, 「부서진 사랑과 육체」, 『글쓰기의 최저낙원』, 문학과지성사, 1993, 255쪽).

하고 있는 이러한 시집들은 개인적이거나 역사적인 서사의 연장 선상에 있는 시집들이라 할 수 있다. 이들에게서는 단절보다는 그 무엇인가로부터의 연속이, 고립보다는 포용이, 도피보다는 직면이 우선시되고 있으며, 감성과 사유의 깊이가 공명하는 내적 공간이 전제되어 있다. 싸움이든, 비판이든, 직면이든, 용서나 화해든, 그들에게 1980년대의 거대한 소용돌이는 멎지 않았고, 물살은 여전히 내면의 파고를 따라 흐르고 있다.

한편, 이와 반대되는 방향의 시집들도 있다. 1980년대에 나왔음에도 1980년대와의 친연성보다는 1990년대의 정서, 분위기를 띠고 있는 시집들이다. 1980년대 말에 출간되어서 그런 것이기도 하지만, 시기상의 문제보다는 시집들이 가지고 있는 선구적 특징이 원인이다. 이 시집들은 1980년대의 이단아와 같은 면모로 나타나 1990년대를 촉발한 시집들이라 할 수 있다.

1980년대의 북새통 속에서 이질적인 목소리를 내고 있는 것으로 장정일[『햄버거에 대한 명상』(민음사, 1987)]과 기형도[『입 속의 검은 잎』(문학과지성사, 1989)], 송찬호[『흙은 사각형의 기억을 갖고 있다』(민음사, 1989)]를 들 수 있다. 장정일은 아직 1980년대의 이상과 각성이 드높던 시기에 팝아트적인 향유와 무위의 세속적 자아를 선보임으로써 충격을 주었다. 햄버거 만드는 일이나 광고 모델에 빠지는 장정일 시의 인물들은 투쟁이나 위대함과는 판이한 모습을 지닌 것이었다. 또한 집단으로부터 거리감을 확보하고 있는 기형도 시의 고립된 자아는 그 우울한 내면의 풍경과 무용한 반성에 의해 홀로 서 있는 개인의 자리를 만들어주었다. 지식인의 자리든 성 소수자의 자리든 그것은 어떠한 경우에도 전체에 통합되지 않는 것이었다. 송찬호 역시 역사와 중심에 복속되지 않는 상상력을 보유한 1980년대의 이단아의 면모를 지니고 나타났다. 그의 독특한 물질적 상상력은 1980년대의 지도를 혼란스럽게 하는 낯선 포즈라 해야 할 것이다. 이들은 모두 1980년대에서 조금씩 비켜서 있다. 세 시집 모두 앞서의 경우와 정확히 반대의 방향을 취하고 있는데, 1980년대가 끝나가는 시점에 간행되었다는 점, 1980년대의 공동체 정서에서 이탈되어 1990년대적 개인과 개별적 상상력을 미리 보여준다는 점에서 공통된 양상을 보인다.

이렇게 반대되는 두 개의 방향이 충돌하는 지점에 1990년대 시는 놓여 있다. 물론 1990년대의 선취든 지연이든 분명한 것은, 1990년대를 표상하는 시는 1980년대와의 연속성보다는 분명하게 차이와 독자성 쪽으로 기울어져 있는 시편들에서 찾아야 한다는 점이다. 이후 2000년대의 징후를 내장하게 될 시편들 말이다. 그것은 앞 시대와의 단절의 기미를 명확하게 보여주고, 다가올 2000년대의 단초를 마련해주는 시들이다. 이를테면 1980년대의 거인들과 대결하는 작고, 보잘것없고, 더이상 세계 속으로 휩쓸려 들어가 어떤 역할을, 거대한 감정을 담당해야 할 의무도, 필요도, 가능성도 사라진 시대의 무용한 자아들이 출현하는 시들이어야 한다. 이것이 1990년대 시의 실질적인 출발이라 할 수 있다.

육체와 사물의 시대로

—김기택의 『태아의 잠』(문학과지성사, 1991)

세계의 힘과 효과가 뚜렷하여 시대의 윤곽이 분명하게 그려졌던 1970~80년대가 지나가고 1990년대가 도래하면서 분위기는 서서히 변해갔다. 거대한 세계와 맞섰던 거인들의 투쟁에서 볼 수 있었던 다양한 방식의 갑옷을 입지 않은, 보다 작고 직접적인 개인이 출현하게 된 것이다. 이 개인들은 세계와 강렬한 밀착을 보이는 거대한 자아에게서 볼 수 있었던 거대한 감정, 순정적인 희망과 꿈을 더이상 소지하지 않았다. 이들은 선배 세대들처럼 세계로 진입해 들어가기보다는 세계에서 한 발자국씩 떨어져 있는 모습을 보여준다는 점에서 공통적이라 할 수 있다.

그러나 세계의 영향력이라는 사정거리 안에 모두가 노정되어 있던 시대에는 불가능한 듯이 보였던 이 한 발자국의 거리는, 결코 작은 거리가 아니었다. 이 거리가 기존의 시대를 밀어내고 새로운 시대를 만들어냈으며, 새로운 감각과 새로운 언어를 견인해낸 것이다. 다가올 2000년대를 예감하고 가능하게 한 것도 이 작은 거리에서 비롯된 것이다. 1990년대의 징후가 여기서 움트기 시작했다고 이야기할 수 있다.

세계에서 한 발자국 떨어져 있음의 최초의 가시적인 출현으로 김기택의 『태아의 잠』을 들 수 있다. 1991년 4월에 출간되었다. 1990년대의 벽두에 나온 이 시집은 한 시대의 징후가 된다는 것은 무슨 뜻인가, 그것은 왜 추후에야 또렷해지는 것일까 하는 우리의 여러 의문들에 시사점을 제공해준다. 이 시집은 갓 등단한 신인에게 시대와 역사의 무거운 짐이, 무거운 감정이 실려 있지 않은, 주목할 만한 거의 최초의 장면이었다. 그리고 이 장면은 이후의 지속적인 작업을 통하여 보다 확장적인 의미를 획득해왔다고 할 수 있다.

중요한 것은 이러한 방식으로 1990년대의 역사가 출발함으로써 김기택의 시가 1980년대의 무거움을 효과적으로, 적절하게 무력화시켰다는 점이다. 그의 시는 무엇을 볼 것인가, 어떻게 볼 것인가, 하는 가장 기본적인 전제에서의 변화를 몰고 왔다. 우리는 대상을 볼 때 항상, 우리를 보기 위해서 대상을 보는 측면이 있다. 이때의 우리라는 것은 넓은 의미의 시대성이라 할 수 있다. 다시 말하면 우리가 무엇을 본다는 것은 우리의 보는 방식을 보게 되는 것이고, 보는 방식의 고유성에 의지하게 되는 우리의 시대성을 보는 것이다. 하지만 김기택의 시가 1990년대를 열었을 때 그는, 이전 시대에 그토록 무거웠던 이 우리라는 시대성을 무화시킨 채 나타났다. 어떠한 준비를 거쳐 이것이 가능하게 되었는지는 알 수 없지만 그의 시는 1990년대 초에 갑자기 시대성이라는 약호를 풀어버린 것이었다. 이 최초의 등장이 『태아의 잠』이었고, 『태아의 잠』의 신선함이었다. 시대와 역사의 짐이 없다는 것은 바로 이러한 측면을 가리키는 것이다.

이제 『태아의 잠』이 가지고 있는 1990년대적인 자장을 좀더 세분화할 필요가 있다. 우리가 대상을 보는 것이 부득불 우리를 보는 것이 아닐 수 있게 되었다면, 따라서 그의 시에서 대상으로서의 대상, 사물로서의 사물을 보는 것이 가능하게 되었다면, 이 시선의 성격에 대한 고찰은 곧 1990년대의 시에 대한 예비적 고찰이 될 수 있을 것이다.

1. 감정의 소멸

『태아의 잠』을 위시한 김기택의 시쓰기 양상이 이후에도 계속 관찰과 묘사라는 방법론으로 인식되어온 이면에는 중요한 전제가 들어 있다. 그것은 바로 감정의 생략이다. 감정의 제어나 굴절이 아니라 생략이 긴요했던 것은, 분노나 비탄, 갈망과 같은 거대한 감정들이 횡행했던 전시대의 잔영 때문이다. 감정이라면 크고 순결한 감정밖에 떠오르지 않는 상황에서 그 거대한 덩어리들을 누르기보다 생략을 택하는 것은 매우 효과적인 전략을 보여주는 것이다. 『태아의 잠』에서 보인 가장 두드러진 새로움이 바로 이 감정의 소멸[5)]이다.

감정을 소멸시킨다는 것은 자아가 세계와 치명적으로 연루되었던 시대에 대한 이의라고 할 수 있다. 연루는 다른 한편 감정의 발현이라기보다 감정의 전형성 같은 것을 낳고 전형성은 시대적인 감정으로 종종 유통되곤 하기 때문이다. 따라서 세계와의 연루에서 해방되고 세계와 얽힌 감정을 거두어들일 수 있었을 때, 1990년대의 시적 자아는 관찰이라는 세련된 방식을 택할 수 있었다. 감정을 가지고 있다는 것은 주지하다시피 세련된 것은 아닌 까닭이다.[6] 감정을 가지고 있다는 것은 감정이 크든 작든 그것에 굴복하고 있다는 것과 다를 바가 없다. 김기택의 시는 이와 거리를 둔 차가운 세련의 형식으로 나타났다.

감정으로부터 놓여난 자아는 세계와의 연속성이라는 보이지 않는 끈이 사라져버렸음을 간파하고 있는 자아이다. 어느 순간 이데올로기와의 연속성, 제도나 현실과의 연속성, 더 정밀하게는 어떤 현상과의, 현상에 대한 인식과의, 심지어는 자신의 육체와의 연속성을 실기하는 것이다. 잇따른 연속성의 붕괴는 눈앞의 세계와 관련을 가지기보다 관찰 쪽에 서게 한다. 자아는 이제 보아야 하는

---

5) 1990년대에 소멸했던 감정과 감정이라는 말은 이후 2000년대 들어와 복권되었다고 할 수 있다. 김언 시인이 2005년 "감정의 동료들"(「유령-되기」, 『거인』, 문예중앙, 2011)이라는 표현을 하고 최정례 시인이 『레바논 감정』(문학과지성사, 2006)을 시집 표제에 쓴 이후, 감정이라는 말은 1990년대를 넘어 귀환한 것이다. 1990년대의 금욕에서 풀려난 듯이 이 말은 2000년대의 새로운 자아나 자유를 담보하기라도 하는 것처럼 봇물 터진 듯이 쏟아져나왔다. 물론 이때의 감정은 1990년대를 지나 출현한 것이기에 1970~80년대의 감정, 즉, 세계와의 긴밀한 연결을 담보하고 있는 무거운 감정과는 다르다고 할 수 있다.

6) 가라타니 고진은 "도시적 세련미, 복장이나 라이프 스타일이 깔끔하고 사물에 구애되지 않는 모습"의 이키가 "일본 근세 시대의 도시인이 추구하던 이미지로", 이키는 무엇보다 "정에 치우치지 않는" 것이며, 감정에 빠지는 것은 촌스러운 것으로 여겨졌다고 설명하고 있다(가라타니 고진, 『일본 근대문학의 기원』, 도서출판b, 2010년, 117쪽).

것을 보지 않는다. 보아야 하는 것이 있는 것이 아니라 보이는 것이 있다고 생각한다. 시선은 주장하지 않는다. 보이는 것을 보고 있을 뿐이라는 듯이 마땅한 위치가 없다. 자아의 위치가 없다는 것은 사뭇 보이는 자유를 느끼는 일이다. 이전에는 보이지 않던 것들이 보이게 된 자유일 것이다. 그리고 보이는 자유를 보는 자유로 감각할 수 있을 때, 우리는 자유롭기 위해 직접 보는 것이라는 지평으로 나아가게 된다. 이것이 『태아의 잠』의 지평이다.

노인은 가끔씩 헛디디며 걷는다. 앞뒤로 끊임없이 지나가는 빠른 자동차들 사이, 잔걸음은 휘어진 소나무처럼 바람에만 흔들릴 뿐 아직도 그 자리에 서 있다. 거대한 빌딩 하나 노인의 굽어진 등 위로 솟아올라 하늘 한 면을 가리고 있다. 노인은 올려다보지 않고 천천히 걷는다. 빽빽한 소음 사이로 들려오는 낯익은 산바람을 헤아리고 있다. 노인이 걷는 동안에도 빌딩은 고속 엘리베이터를 타고 산꼭대기가 있던 자리를 뚫고 올라가고 있다. 가끔씩 헛디디며 노인은 쉬지 않고 걷는다. 속도 속에는 없는 무진장한 시간을 한없이 밟으며 좁은 산길을 향해 느릿느릿.

—「노인」 부분

노인을 보는 것은 노인에 대한 감정의 배제를 유지하는 것과도 같다. 자아는 노인에게 섞여들지 않는다. 보이는 자유와 보는 자유가 동등해지는 것은 대상과 일정한 거리를 둔 채 그 대상과의 관계에 얽매이지 않기 때문이다. 관찰의 주체와 대상이 한자리에 있지 않음이 김기택 시의 자유의 관건이라 할 것이다. 관찰이라는 방식을 통한 양자 사이의 이 금 긋기는 김기택의 시를 통해 1990년대적이라는, 문학사적 맥락을 가지게 된 것이다. 노인의 걸음이나 자세가 상세하게 스케치되는 부분은 마치 일정한 양식이나 코드에 반(反)한 구체적 묘사를 실천하고 있는 듯이 여겨진다.

2. 자아와 육체의 분리

자아가 외부와의 연속성에서 분리되어 있다고 했을 때 김기택의 시에서 이 분리가 가장 첨예하게 나타나는 것이 자아와 육체의 분리이다. 자아는 육체와 분리되었을뿐더러 축소되어 있다. 여기서 이전 시대의 시들이 육체에 대한 자아의 지배를 당연시해서 육체를 자아의 일부로 여긴 까닭에 독립적으로 존재하지 않았던 것을 먼저 염두에 둘 필요가 있다. 김기택의 시에서는 육체가 자아의 구성 요소로 자아에 속해 있는 것이 아니다. 육체는 그 자체로 존재한다. 나아가 그의 시는 자아보다는 육체 쪽으로 기울어진 것이라고 보아야 한다.[7] 육체는 자아의 상태를 대변해주는 것이 아니며, 자아와 떨어져 있는 독립적인 대상으로 존재한다.

구체적으로 그의 시를 살펴보면, 자아는 대상들뿐 아니라 자신

---

7) 이를 이광호는 '육체의 시학'이라는 말로 표현한다. 이광호는 김기택의 시가 "인간과 동물의 육체를 묘사"함에 있어 "비정할 만큼 냉정한 관찰자의 입장에서 육체를 해부"하고 있다는 설명을 하고 있다(이광호, 「텅 빈 무게의 몸」, 『바늘구멍 속의 폭풍』 해설, 문학과지성사, 1994, 103쪽).

의 육체에 대해서까지 거리를 갖고 관찰한다. 육체의 변화, 반응, 현상은 이 세계의 한 축이며, 낯설고 이질적인 장면이다. 육체를 관찰하는 것은 육체의 자립성을 전제로 한 것이라는 점에서 김기택 시의 독특한 거리 갖기와 상응하는 것이다.

심장까지 뿌리를 뻗어
피를 빨아들이는 눈
눈알을 파고들어가는 붉은 뿌리로
눈을 움켜쥐는 피
붉은 눈에 반사되는 하얀 얼굴
끓어 증발되는 차가운 눈물
초점 주위에서 이글거리며 녹는 인파

—「눈」 전문

잠시 후 일그러질 얼굴은 지금 오징어를 씹으며 웃고 있다. 곧 뜨거운 한숨을 만들어낼 입은 웃음 때문에 씹던 오징어와 이빨을 계속 움직이지 못하고 한껏 벌린 채로 멈추어 있다. 몇 초 후면 초점을 잃게 될, 그러나 지금은 티브이 화면에 붙어 떨어질 줄 모르는 눈앞에 나는 느닷없이 나타나야만 한다. (중략) 소화된 음식물에서 왕성하게 피를 빨아들이고 있을 심장은 사정없이 오그라들고 달구어지리라. 저 손, 매니큐어가 갑자기 정액보다 슬퍼 보이는, 아직은 오징어 다리를 든 채 입을 가리고 있는 저 손은 모든 감각을 잃고 떨며 무엇이든 있는 힘을 다해 붙들게 되리라.

—「목격자」 부분

두 시 모두 육체가 전면적으로 관찰의 대상이 되어 있다. 그동안 이렇게까지 육체가 주목된 적이 있었는지 되돌아보게 될 정도이다. 「눈」은 눈의 생리학적, 해부학적 구조를 보여주려는 것처럼 심장에서 흘러나오는 피가 눈에 전달되는 모습을 그리고 있다. "피를 빨아들이는 눈"과 "눈을 움켜쥐는 피"의 대립적 구도는 눈의 생체 현상에 대한 생생한 묘사이다. 여기에는 다른 것이 끼어들 여지가 없다. 정서나 감정이 내통할 수가 없다. "끓어 증발되는 차가운 눈물"에서 알 수 있듯, 눈물조차 외형적 물질성으로 나타날 뿐, 눈물이 흘러나오는 정서와 관계되지 않는다.

「목격자」는 뺑소니차에 아들이 사고를 당했다는 소식을 듣기 직전의 한 인물의 일상적인 육체를, 소식을 접한 순간의 달라질 육체의 변화와 함께 세밀하게 묘사하고 있다. 이 시의 초점은 충격적인 사고가 인간에게 불러일으키는 인생관의 변화나 고통이 아니다. 육체가 바로 사건과 만나는 순간에 대한 탐색이다. 충격을 접했을 때 얼굴, 입, 눈, 심장, 손이 어떻게 달라지는가에 대한 기록은 차갑고 정밀하다. 이것은 사건이 정서나 관념을 거치지 않고 바로 육체로 침투하고 있다는 점에서, 육체를 직접적으로 대상화한 관찰이라는 점에서 흥미롭다.

육체라는 대상 앞에서 자아의 기득권은 없다. 감정이나 관념을 결락시키고 육체를 물질적 대상으로만 그려내는 이러한 작업은 육체에 대한 관성적 인식으로부터의 자유를 시도하려는 것이라 할 수 있다. 개괄적으로 이야기하면 이데올로기로부터의 자유라 할 것이다. 거리 갖기의 근원은 여기에 있다. 거리를 갖지 않으면, 인식과 감정에서 자유로울 수 없는 까닭이다.

그러한 의미에서 김기택의 시가 자아로부터 분리된 육체를, 더 나아가 육체의 세부를 주로 바라본다는 것이 이해될 수 있다. 그는 전체를 보는 것을 즐기지 않는다. 아니, 그에게는 어쩌면 전체는 볼 수 없는 것일 수 있다. 전체는 인간적인 의미로 추론되는 것을 피할 수 없기 때문이다. 그러므로 세부만을 볼 수 있는 것이다. 세부를 들여다보게 되면 전체는 완전히 다른 것이거나 관념일 수 있다. 이 경우, 볼 수 없는 전체를 말하는 것은 말할 수 없는 것을 말하는 것과 같다. 그의 시에서 전체라는 그림자를 제거하고자 하는 노력이 지속적으로 나타나는 것은 이와 같이 세부에의 집중이라는 작업과 긴밀하게 연결되어 있다.

3. 사물의 시대

세계와의 거리 갖기와 감정의 소멸로 인해 인간이나 인간적인 것, 정념이나 관념 등이 약화되었을 때, 이 세계는 사물이 중심이 된 세계가 된다. 좀더 정확하게 표현하면 이 세계에 사물이 비로소 존재하기 시작한다. 『태아의 잠』은 사물들의 이야기다. 쥐, 호랑이, 개, 소, 닭, 거북이, 새 등 수없이 많이 등장하는 동물들이나, 혀, 눈, 등, 손, 배, 얼굴, 뼈 등의 인간 육체의 세목들, 잠, 기침, 딸꾹질, 웃음, 울음, 통화 등의 사소한 현상들은 모두 사물들이고 사물의 지위를 부여받는다. 『태아의 잠』은 단지 그러한 사물들에 대한 이야기를 늘어놓는 것이 아니라, 바로 사물들이 존재하는 이야기인 것이다.

김기택의 시에서 사물들은 대개 고정되어 있지 않다. 변화하고 진행중이라는 점에서 물질성, 즉물성으로 생각될 수 있다. 변화하는 물질의 현실이 전면화되는 이 과정에서 사물들은 스스로 작동하는 존재들로 그려진다. 자신들의 존재의 기제가 어디에 존재하든, 사물들은 스스로의 메커니즘에 따라 작용하는 것이다. 이렇게 인간을 벗어나 있는 존재들의 논리를 추적하고 있는 것이 『태아의 잠』이라 할 수 있다.

말라 비듬되어 흩어진 몸처럼
목소리조차도 먼지가 되어 쌓였다네
바람 불 때마다 일어나 울며
먼지들은 다시 소리가 되려 한다네
바람이 알맞게 흩뜨려놓으면 또 쌓여서
사람들은 매일 털고 쓸고 닦아야만 한다네
숨쉴 때마다 허파 가득 들어오네
폐병으로 분해된 허파
뜨겁게 달아올랐다가 식어 부서진 입술과 성기
눈을 꿈벅거리다가 끝내 낡아 허물어진 공룡
두꺼비를 삼키고 꽃가루처럼 흩어진 뱀
형체가 되기 전에 말라버린 정액

가슴에 쌓여 기침이 되고
머리에 차올라 냄새가 된다네
어디서든 밟힌다네
가루되어 날아다니다 쌓인 무수한 무덤들
옷에서 이불에서 툭툭 털려나온다네

—「바람에 대하여」 부분

눈에 잘 보이지도 않는 먼지의 형체가 마치 현미경을 통해 관찰되는 것처럼 세밀하게 포착되어 있다. 인간의 "입술과 성기", 공룡이나 뱀 따위가 먼지가 된다는 것은 어떤 것일까. 이 시는 육체가 먼지인 것을, "목소리조차도 먼지가 되어"가는 것임을, 그리하여 인간이라는 과정 자체가 먼지의 과정임을 보여준다. 다시 말하면 인간이라는 현상이 곧 육체적 현상이어서 사물의 길을 가고 있는 것이다. 그의 시는 이렇게 인간의 사물화가 표나게 두드러진다. 예를 들면 위의 시의 뒷부분에서 "마음껏 웃고 울어보지 못한 채/ 가슴을 떠난 기쁨과 분노들/ 울음소리 아우성 되어/ 비를 몰고 오고 유리창을 두드리고/ 나무마다 허리 휘어 누르고/ 고목들 굵은 뿌리를 뽑아 쓰러뜨린다네"라고 하는 것처럼 감정이나 사고 역시 가시적이고 구체적인 사물의 현상으로 인지된다. 그리하여 김기택의 시는 지금까지 시의 관행으로 여겨져왔던, 사물을 인간으로 이해하기가 아니라 인간을 사물로 이해하기의 방향으로 진행되고 있다는 것을 알 수 있다.

1980년대의 가치 판단과 이데올로기의 파워 속에서 감동과 공감의 감정적 연대를 우선시했던 인간의 힘에 대한 순종을 밀어내고 떠오른 이러한 사물의 장면들은 1990년대 시의 명백한 차별성이 되었다.[8)] 1990년대는 인간이 아니라 사물이 주인인 시대인 것이다. 사물의 시대는 위대하고 떠들썩한 이데올로기 시대를 대체했다. 이념과 정념의 당위 대신 존재하는 것들에 대한 관심이 새로운 시대의 코드가 되고 있었다. 유물론이 이념을 낡게 하고, 물질에 대한 감각이 시대정신을 물러서게 하는 곳, 이곳을 통과해서 1990년대는 열리고 있었던 것이다.

4. 사물의 언어화와 언어의 사물화

시문학사에서 새로운 시대의 지표라는 것은 당연하게도 새로운 방식의 언어 구사에서 찾아야 할 것이다. 시대나 인간, 정서라는 환경을 경유하기보다 사물과 육체의 기척이 바로 언어로 감지되는 김기택 시를 사물의 언어화라는 말로 표현할 수 있을 것 같다. 그런 점에서 그의 시를 가리킬 때 사물의 관찰이라는 말보다 더 적절한 것이 사물의 감지이다. 그의 시에서 사물은 언어를 통해 적절하

8) 1990년대 들어서 감정뿐 아니라 개념, 관념을 버리고, 사물과 현상의 장면들이 시의 핵심을 구성한 중요한 예로 오규원 시인의 날이미지시를 들 수 있다. 날이미지시는 "개념적, 사변적 언어와 거리를 두고 있는 감각적, 사실적 언어와 관계하고, 왜곡 없이 세계와 닿는 시각적 진실과 직관적 인식을 기저로 한다"(오규원, 「날이미지시와 관련어」, 『시와반시』 1999년 가을호; 『날이미지와 시』, 문학과지성사, 2005년, 89쪽). 김기택 시인과 오규원 시인의 사물 위주의 시들은 1980년대와 차별되는 1990년대 시의 한 경향이라고 구획지어볼 수 있을 것이다.

게 감각되고, 언어로 부풀어오르는 까닭이다. 마치 사물이 언어로 연계되거나, 언어로 이동하는 것과 같다. 이 과정을 통해 사물은 부피가 커지고 세밀해진다.

> 말로 만들어 입 밖으로 꺼내지 못했던 생각들은, 술에 섞어 오줌으로 빼내지 못했던 생각들은, 뜨거운 덩어리가 되어 어디엔가 걸려 있다가 식으면 파삭파삭 가라앉는다. 발바닥에 쌓인다. 쌓여 무릎으로 넓적다리로 올라온다. 욕을 하거나 소리를 지르거나 흔들어 춤을 만들어도 움직이지 않고 다만 두께만 더해간다. 어느 날 문득 무심코 받아먹은 말에 가슴이 찔렸을 때, 거울을 보고 튀어나온 기억에 머리를 다쳤을 때, 억지로 침을 삼켜 목구멍으로 올라오는 것을 눌러 막았을 때, 식은 몸은 더워지기 시작할 것이다.
>
> —「병에 대하여」 부분

이것은 어떠한 상태, 이를테면 "병"이라고도 할 수 있는 상태에 대한 것이다. 이 상태는 "말로 만들어 입 밖으로" "술에 섞어 오줌으로" "뜨거운 덩어리가 되어 어디엔가 걸려" 있을 수도 있다. 이 불확정적인 상태는 순간순간 언어로 포착되는 장면에서만 존재를 입을 뿐이기에, 언어화의 결절이라고도 할 수 있다. 언어화가 없이는 존재한다고 해도 알 수 없는, 그래서 존재한다고 할 수 없는 순간이다. 이러한 언어화는 상태에 밀착된 것이지만, 다른 말로 표현하면 상태의 구성이라고도 할 수 있다. 그리고 이런 식으로 하여 사물의 언어화라는 애초의 표현은 다시 사물의 구성이라는 말로 대체 가능하게 된다. 위의 시에서 본다면 "병"이라는 상태의 언어화는 "병"이라는 것을 구성할 수 있게 된다.

사물이나 현상이 언어화되어 가시적으로 존재를 입는 것은 또한 마찬가지로 언어의 사물화를 결과한다. 여기서 언어의 사물화라는 것은 사물이 그러한 것처럼, 우리가 그 언어를 체계화시키거나 해석할 수 없음을 의미한다. 언어는 사물처럼 그 자체가 된다. 이를 기성의 언어로부터의 언어의 갱신이라고도 할 수 있을 것 같다. 바로 언어가 지시성보다는 신체성을 가지는 것이다. 위의 시를 예로 들어보면 "병"과 같이 하나의 사물이나 상태를 구성하는 언어는 그 자체가 다시 사물이나 상황이 되어 전체 시를 이루게 된다. 그리고 몸으로서의 언어는 자체의 무늬나 미학을 낳는다. 김기택의 언어가 묘사의 구체성과 치밀함을 통해 번성해나가면서 현장성과 즉물성을 답보해나가는 것이 그것이다. 이는 시대성이나 관념이 제기되는 순간들과의 투쟁으로 진행되며, 그때마다 지속적으로 사물로서의 언어를 탈환시키게 된다. 언어는 언어체이며, 생명이고, 무기이며, 번식력 자체다.

김기택의 시가 갖는 언어적 특성은 1980년대에 활성화되었던 해체적 투쟁과 근본적으로 성격을 달리한다. 해체는 외부 세계의 권위나 체제와의 투쟁이고, 이의 격렬한 파괴였지만, 김기택의 시에 나타나는 사물의 언어화나 언어의 사물화는 일차적으로 이러한 외부에 관심을 갖지 않는다. 대신에 사물과의 내연을 설계하기 위한 생성의 시도라고 할 수 있다. 이는 인간의 개입을 억제하려는 시도였고, 사실상 억제하는 효과를 가져왔다. 그리고 이것이 바로

1990년대의 모티브가 되었다. 1990년대의 보편성이라는 것이 만약 있다면 그에게서 찾을 수 있을 것이다. 그는 1990년대의 보도블록과 같다. 이 넓은 블록 위에서 보다 날카롭고 예각적인 다양한 시도들이 존재할 수 있었을 것이다.

잉여이자 공백, 이자(利子)의 세계

—장경린의 『사자 도망간다 사자 잡아라』(문학과지성사, 1993)

1. '利子'의 탄생

장경린의 『사자 도망간다 사자 잡아라』는 지금으로부터 20여 년 전인 1993년에 출간되었는데 이 시집이 지니고 있는 강렬한 파장은 그 당시에나 이후로 충분히 전개되지 못한 것 같다. 이 시집은 모든 중요한 시집이 그렇듯이 어떤 이질적인 파격을 내포하고 있었지만 그 정체는 미결 상태로 덮였으며, 이후 시간을 두고 이해되어야 할 것으로 남겨졌다. 좋은 시집의 문제적 징후라는 것이 당대에는 생소한 어법으로 보이기 십상이어서, 다소의 시간을 격한 뒤에 그 의미가 드러나게 마련이라는 것을 다시 한번 확인해주는 경우라 할 수 있다.

『사자 도망간다 사자 잡아라』는 1990년대적인 특성, 즉 세계와의 거리가 벌어진 가운데 세계를 냉정하게 관찰하는 시선을 지님으로써 1990년대를 공유하고 있다고 우선은 말할 수 있다. 전시대처럼 세계와의 이념적이고 전면적 접촉을 이루기보다는 그 세계를 구성하고 있는 사물이나 풍경을 전면화시키고 있는 것이다.[9] 또한 이와 같은 1990년대적 관찰의 방식은 인간에게 자주 옮겨가고, 인간과 삶을 이루는 일상의 세목들이 구체적이고 철저하게 대상화되어 추적되기도 한다. 이것은 전통적인 시들이 보여주는 방식, 즉 인간의 시선으로 사물을 인간화하는 것과는 반대의 양상이다. 외려 인간을 사물이나 대상의 세계에 편입시키는 쪽이라 할 수 있다. 인간이 대상의 세계 속으로 옮겨져 대상화되는 것이다. 그리고 주체를 사물 쪽으로 밀어넣어 평준화하는 일은 전대의 주체 중심적인 구도를 해지하려는 1990년대 시들에서 공통적으로 나타나는 특성이라 할 수 있다.

장경린의 시가 독특한 것은 이 평준화라는 것이 단지 인간이 사물과 동등하게 관찰되는 대상에 불과하다는 데에 그치는 것이 아니라는 점이다. 그에게 평준화의 근간이 되는 것은 어떤 공통된 요소로의 환원이다. 이를테면 대상과 인간을 특정한 요소로 공히 산정하는 것이다. 그리고 이것이 가능하다면, 공통된 요소로 책정하여 병렬시킬 수 있다면, 이 발상은 다분히 혁명적인 것이 될 것이다. 이로써 인간과 사물 간의 위계라는 암묵이 사라지고 인간적 전

9) 사물이나 풍경이 이렇게 전면에 배치되는 것은, 종래의 시에서 보였던 사물의 앞세우기를 통한 주체의 정서와 관념의 조성과는 다른 것이다. 장경린 시에서의 사물의 전면화는 사물이 대상의 자리를 벗어나 주어의 자리로까지 전진하는 까닭이다. 예를 들면 "총각김치는 누워서 프로야구를 보고 있다/ 먹다 남은 꽁치가 조카(1992~)를 데리고 놀러왔다"(「코닥 2」), "전자오락실에서 소음(~1991)이/ 쏟아져나온다"(「코닥 4」) 등에서 볼 수 있듯이, 사물은 주체로 물주구문을 이끌고 있으며, 생몰년도를 달고 등장한다.

제가 타당성을 갖지 못하게 되기 때문이다.

『사자 도망간다 사자 잡아라』는 시집 전체를 통틀어 인간과 세계, 대상을 공통된 요소로 평준화시키는 집요한 작업이라 할 수 있다. 이 명확한 시도의 중심에 利子가 있다. 利子는 시집의 이유이며 시집 전체를 덮고 있다. 利子는 장경린의 시에서 사물이고, 대상이고, 인간이다. 그리고 그 역도 성립한다. 사물과 세계는, 인간은 공히 利子인 것이다. 시집에서 利子는 주체와 대상의 자리에 구분 없이 나타나며, 모든 것을 차치하고 우선한다. 세계를 이루고 있는 1인칭이나 2인칭, 3인칭의 구별이 실질적으로 무너지는 순간이다.

그런데 利子는 어디서 튀어나온 것일까. 또한 왜, 무엇 때문에 利子인가. 利子에 대한 시는 필시 경제적 의미의 利子를 지칭하는 것일까. 이에 대한 여러 방향의 논의가 가능한데, 우선 주목을 요하는 것은 利子가 시 속으로 들어왔다는 사실 자체다. 시 속에서의 이른바 利子의 탄생이다. 『사자 도망간다 사자 잡아라』의 파격은 시집 속에 利子가 등장한다는 사실에서 비롯되어 이 세계를 가로지르는 요소가 利子라는 것을 보여준 데 있다. 모두가 利子로 다양한 전열을 이루는 것이다.

利子는 말할 것도 없이 원금에 붙어서 발생하는 추가적인 수익이다. 원금이 없으면 생겨날 수 없으며 자본주의 사회의 중요한 근거가 되는 기생적 잉여라 할 수 있다. 하지만 자생적인 발생이 불가능함에도 불구하고 어딘가에 붙어서 생존하는 그 능력은 원금의 생존력과 일치한다. 실체가 없이 탄생하지만 利子는 실제적인 것이 된다. 이는 얼핏 가시적인 사회 형태 뒤에 스며 있는 무형의 잠재적 체계를 환기하는 것으로 보인다. 보이지 않는 체계가 갖는 영향을 떠올리게 만드는 것이다. 또한 실체가 없이 미시적으로 생존하고 있는 모든 대상과 존재들을 암시하기도 한다. 요컨대 비실체가 실체로 이동하는 각양의 과정들이 利子라는 모티브를 통해 현전하게 되는 것이다. 하지만 利子가 이에 국한되는 것일까. 시 속에서 利子란 무엇이며 어떠한 작용을 하는 것일까.

利子로 장경린은 1990년대의 한 표상을 그려 보이고 있다. 利子의 반복과 회귀, 출몰로 利子가 세계를 평정하기에 이르는 것, 이것이 지닌 의미를 보다 세밀하게 살펴볼 필요가 있다.

2. 利子의 작동

생각해보면 利子는 어느 날 홀연히 발생한다. 예고도 없이 이 세계에 덤으로 출현한다. 利子가 언제, 어떻게 발생하는지에 대한 인과적인 단서를 찾아내는 것은 복잡하고 경제적인 환산을 필요로 하며 기계적인 일이 될 수도 있다. 중요한 것은 그것이 탄생했다는 사실이다. 이제 더이상 세계는 자연적이지 않게 된 것이다. 탄생하고 나면 利子는 작동을 시작한다. 무엇에든 따라붙는다. 그러나 장경린의 시 속에서 利子는 단지 기생적으로 따라붙는 것에 그치지 않는다. 항상 그 이상이다. 이를 살펴보면 다음과 같다.

첫째, 利子는 모든 것을 대체한다. 시에서 利子가 출현하고 있는 장면들을 살펴보면 거의 모든 자리에 들어서고 있음을 알 수 있다.

① 뚱뚱한 아줌마가

그 빈 의자를 차지한다 미안해요 관절염이 심해서 미안해요

아무도 쳐다보지 않는 주위를 향해

그녀는 연신 주억거린다 운 좋게 利子에 자리잡고 앉은

利子들이 묵묵히 장승처럼

창밖의 노량진을 내다보고 있다

—「다음 정류장이 어디냐」 부분

② 성가대원들이 利子를 찬송하는 동안

—「에덴의 동쪽 1」 부분

몇천 년 전에 利子가 태어났다는 사실 하나로

오늘은 휴일이 되고

언젠가 利子가 도래할 것이라는 잠언에 사로잡혀

利子들은

개처럼 욕망의 꼬리를 말아 감추고 있었어

—「부처님 오신 날」 부분

③ 한 쌍의 연인이

팔짱을 끼고 걸어나온다

利子가 깊다

빌딩과 빌딩 사이

—「은하(銀河)」 부분

④ 금은 보석방이 늘어선 利子한 거리를 걷고 있었어

—「부처님 오신 날」 부분

⑤ 성당 입구에서

기타 반주에 맞춰 흘러간 가요를 애절하게

利子하는 장님들

—「사자 도망간다 사자 잡아라」 부분

⑥ 나날이 꿈은 다가와 利子가 되어가는데

利子들은 꿈이 사라지고 있다고 한다

—「전골과 찌개 3」 부분

인용된 예에서 알 수 있듯이 利子는 모든 상황을 대체하고 있다. ①에서는 지하철 내의 자리와 사람이라는 보통명사를, ②에서는 예수나 부처 같은 고유명사, 혹은 사람들이라는 보통명사를, ③에서는 침묵이나 사랑과 같은 추상명사를, ④에서는 복잡하거나 번화하다는 형용사를, ⑤에서는 노래 부르다라는 동사를 각각 대신하고 있다. 뿐만 아니라 ⑥에서는 利子가 보통명사나 고유명사, 추상명사가 모두 올 수 있는 열린 문맥 안에 포진하고 있어서 시행 안에서 利子의 작용력이 더 지배적이다.

이러한 예들은 지속적으로 전개된다. 利子는 다양한 종류의 명사들을 대리하는 대명사이면서 동사를 대신하는 대동사, 그리고 형용사나 기타 상황들을 가리키는 복합적인 지시어가 된다. 利子는 어떠한 상황에도 적용 가능한 것으로 보인다. 주어로, 술어로, 수식어로, 모든 의미를 利子로 약호화하고 있는 것이다. 요컨대 세계는 利子로 통분되는 중이다. 利子를 나누어 가진다고도 할 수 있다. 利子로 교체될 수 없는 항목은 없는 듯이 보인다.

둘째, 利子는 분열, 생식, 복제된다. 利子의 중요한 특징은 그것이 운동하고 있다는 사실이다. 利子는 세계를 대체하고 그 자리에 머물러 있는 것이 아니다. 끊임없이 움직이고 변용된다. 장경린의 시 속에서 利子는 마치 생명체가 그러하듯이 변형과 생성을 이루는데, 이것이 아마 利子의 진정한 작용력일 것이다.

> 利子를 비관한 고3이 아파트에서 투신자살한 화요일
> 모든 존재들은 자신도 모르는 사이
> 분열 생식되고 있었다 이상한 복제였다 조카가
> 태어나고 친구 어머니가 돌아가셨다
>
> —「이상한 복제였다」 부분

> 그러나 도무지 利子의 웃음소리와 울음소리를 분별할 재간은 내게 없다.
> (중략)
> 그녀는 나를 스쳐 지나가고 있는 다섯번째 利子다

나는 그녀를 스쳐 지나가고 있는 몇 번째 利子인가

—「가면처럼 흔들린다」 부분

利子들은 단지 각각의 자리를 차지하고 있는 고정된 항목이 아니다. 利子로 존재한다는 것은 항시적으로 움직이고 있는 利子의 일환이다. "고3이 아파트에서 투신자살한 화요일"에, 다른 利子들, "모든 존재들은 자신도 모르는 사이/ 분열 생식되고 있"다. 한 利子의 투신은 다른 利子들의 분열, 생식과 함께하는 것이다. 利子는 더 이상 고유한 개체로서의 존재 이유라기보다는 利子의 존재 방식의 일부이다. 그러므로 "조카가/ 태어나고 친구 어머니가 돌아가"시는 것은 다른 자리에서 발생하는 "이상한 복제"이다. "조카"와 "친구 어머니"는 공히 利子로 명명될 수 있다. 죽음과 탄생은 복제의 익숙한 패턴이다.

마찬가지로 "利子의 웃음소리와 울음소리를 분별할 재간은 내게 없다." 탄생과 죽음이 서로를 복제하듯이 웃음과 울음은 서로를 베낀다. "그녀는 나를 스쳐 지나가고 있는 다섯번째 利子"라는 표현에서 알 수 있듯이, 利子들은 서로 스치며 흘러다닌다. 이러한 모든 접촉의 지점에서 분열과 생식, 복제를 반복하는 것이다.

셋째, 利子들은 또한 利子로 통합된다. 利子가 출현해서 모든 자리들을 차지하고 분열과 복제를 거듭한다는 것은 이미 그 자체 利子의 세계가 이루어졌음을 시사하는 것에 다름아니다. 利子들은 이러한 무차별적인 살포의 과정을 거쳐, 혼종, 혼음, 착종을 통해 利子로 통합된다. 장경린의 시에서 利子는 존재, 대상, 행위 들로 유포되어 구별되지 않으며, 구별될 필요가 없는 상태에 이른다. 이것은 분열과 복제가 다다를 수 있는 예견된 결과일 것이다.

利子의 세계에서
利子가 利子를 위해서 이렇게 장황하게 利子를 쓰고 있는 것도
利子들의 利子를 위한 것일지 모르지만
利子의 손이 닿으면

—「낙타가 되어」 부분

利子를 지우자고 그녀가
말했다 利子를 지워야 한다면 利子를 지우고 나서
당신과 헤어지겠다고 울먹이며 말했다 利子를 지우는
것과 利子와 헤어지는 것은 별개의 일이라며
利子는 利子의 등을 다독거리고 있었다

—「이상한 복제였다」 부분

利子가 利子와 뒤엉켜 몸부림치는 광경을 나는
보았다 利子가 利子들 속으로 사라져가는 것을 나는
보았다 利子를 잡기 위해 달려가고 있는 利子의 무리를

—「사자 도망간다 사자 잡아라」 부분

위 시들에서 利子들의 경계는 무너지고 서로 무차별적으로 섞여든다. "利子의 손이 닿으면" 모두가 "利子들의 利子"가 되는 "利子의

세계"가 형성된다. 그것은 利子로 하나를 이룬다. "利子를 지우는 것"과 "利子는 利子의 등을 다독거리"는 것이 함께 진술됨으로써 지우는 주체도 지워지는 대상도 이 상황에 관계를 가지고 있는 타자도 모두 利子라는 것을 알 수 있다. 利子를 구별하는 일이 무의미해지고 거부되고 있는 것이다. 利子들은 통합된다. 이를 利子로 수렴되는 것이라고도 할 수 있다. 말 그대로 "利子하다"가 된다.

"利子하다"라는 것은 利子로 통합되는 모든 합산의 과정을 시사한다. "利子가 利子와 뒤엉켜" 혼종되는 것이며 "利子가 利子들 속으로 사라져가는 것"이다. 利子는 利子로 환원될 뿐이다. "利子를 잡기 위해 달려가고 있는 利子의 무리"는 개별적 利子이면서 利子라는 집단을 이루는 중이다.

장경린 시에서 利子는 마치 개별 기관이면서 그 기관들이 모여 있는 신체와도 같다. 개별들은 모여서 신체를 이룬다. 나는 利子이고 너도 利子이고 우리의 만남도 利子이고 욕망도 利子이다. 인간이나 동물, 기계의 행위 역시 利子로 통합된다. 과거와 현재, 여기와 저기, 행위의 주체와 대상, 나와 너가 "利子하다"라면, 이제 利子는 추상적 신체로 이동하기에 이르는 것이다.

3. 잉여이자 공백

『사자 도망간다 사자 잡아라』에는 利子로 코드화되기 전 단계의 것으로 보이는 숫자 기호들이 나타난다. 6편의 「게르니카」 연작

시들은 모두 숫자를 실험적으로 사용한 흥미로운 시편들이다. “헤어지면서 그녀의 눈물은 8에서 9로/ 9에서 10으로 흘러 내렸다/ (중략) 4에 도달했나 하면 6이었고/ 5에 도달했나 하면 2나 1이기도 했다” “배가 불룩한 6이/ 안경에 서린 김을 손수건으로 닦는 동안/ 6의 손을 잡고 있던 아이가 2와 7 사이를 오가며/ 뛰어다닌다”와 같은 구문들이 그 예이다. 여기서는 상이한 숫자들이 각각 지칭하는 바가 다른, 일종의 일대일 대응이나 함수 관계가 펼쳐진다. 이 숫자 단계를 거쳐서, 상이한 숫자들을 하나의 코드로 만든 것이 利子라 할 수 있다. 숫자 기호가 利子로 진화한 것이다. 이때 숫자들의 함수보다 利子가 우월한 것은 분명해 보인다. 여러 숫자들로의 단순 대체보다 단일한 利子로의 통합이 利子를 추상적으로 변형시키는 효과를 낳기 때문이다.

애초에 장경린의 시는 利子가 지닌 경제적 잉여의 의미를 착안한 채 출발했을 것이다. 잉여가 출현하고 실질적인 것이 되고 작동되는 과정의 유추에 힘입었을 것이다. 하지만 그렇다 하더라도 그의 시에서 利子는 처음에 가지고 있던 잉여의 의미를 초과하여 추상화된다. 利子의 반복을 거쳐, 개별과 구별이 사라지고 혼종과 착종으로 진행되어, 경제적 경계를 넘어서게 되는 것이다. 利子는 새로운 지대로 나아가기에 이른다.

이 새로운 지대는 잉여라는 利子의 내용을 유지하는 가운데에서도 한편 정반대의 성격을 띠기도 한다. 그것은 공백으로서의 利子이다. 잉여이자 공백이다. 그러나 이것이 어떻게 가능할까. 이것이 어떻게 1990년대에 가능해졌을까. 반복과 혼종으로 점철되어 있는 利子라는 신체는 결국 어떠한 개별적 의미도 갖지 못하기에 텅 빈 공백으로 나타나는 것일까. 아마 이 점이 장경린 시의 독특한 위상을 말해줄 것이다.

공백이란 우리가 일상의 감각으로는 감지할 수 없는 어떤 것임에 틀림없다. 그것은 꽉 차 있고 연속되어 있을 때는 불가능하고, 반대로 연속적이지 않을 때에나 감각할 수 있는 무엇이다. 즉 불연속이 만들어놓는 일종의 틈과 같은 것에 의해서만 공백은 가능해지는 것이다. 따라서 무언가가, 이를테면 1980년대처럼 이데올로기가 가득 채우고 있으면 공백을 찾아내기란 불가능하다고 생각된다. 가득 들어차 있다는 것은 공백을 허용하지 않는 것이기 때문이다. 여기에 공백의 의미가 있다. 장경린은 전시대와 달리 90년대를 이데올로기가 빠져나간 공백의 지대로, 불연속의 세계로 바라보고 있는 것이다. 그는 利子를 통해 이것을 제시하고 있다. 그에게 利子는 자연적인 것이 아니고, 불연속적인 장치이며, 일종의 틈이다. 그러므로 利子로의 함몰은 세계를 공백으로 돌려놓는 것이다. 세계가 바로 공백의 장소가 되는 것이다. 어떤 의미에서 이와 같은 과정은 장경린에게는 차라리 순환적이라고 보는 것이 적절한데, 불연속이 있어야 공백이 있듯, 공백을 본다는 것은 다시 세계를 불연속적으로 바라본다는 것을 암시하기 때문이다.

결국 장경린의 利子는 세계의 틈을 가능하게 하는 무엇이다. 그는 利子를 통하여 공백을 만들어내고 공백을 전면화하고 있다. 그리고 이제 역의 방향도 성립될 수 있다. 利子가 공백을 만들어냈다면, 이번에는 이 공백을 다시 利子로 채우는 것이다. 정확히 말하면

利子라는 기호로 채우는 것이다. 채울 수 없는 利子로 채워지지 않는 利子를 채우는 것이다. 이렇게 하여 공백으로 공백을 채우는 것이 『사자 도망간다 사자 잡아라』의 세계인 셈이다.

> 맑음. 입춘인데도 날씨가 몹시 추워 마치 한겨울과 같이 매웠다. 아침에 우우후와 방답을 불러서 약식을 같이 먹었다. 일찍이 항복한 왜인 다섯 명이 들어왔다. 그 사연을 물으니
>
> 맑음. 입춘인데도 利子가 몹시 추워 마치 한겨울과 같이 利子했다. 아침에 우우후와 방답을 불러서 利子를 같이 먹었다. 일찍이 항복한 利子 다섯 명이
>
> 利子. 입춘인데도 利子가 몹시 추워 마치 利子같이 利子했다. 아침에 利子와 利子를 불러서 利子를 같이 利子했다. 일찍이
>
> 利子. 利子인데도 利子가 利子 利子 利子 利子같이 利子했다. 아침에
>
> —「亂中日記 7」 부분

위의 시는 장경린의 利子 시편의 결정판이라 할 수 있다. 개별들을 利子로 대체하는 진행 과정을 그대로 보여주고 있다. 利子는 처음 한두 항목을 대신하다가 나중에는 모든 것을 차례로 삼켜버린다. 이 실험은 오직 利子라는 말만 반복되는 상황으로 귀결되기에 이른다. 利子외엔 아무것도 남는 것이 없는 利子의 되풀이다. 이 되

풀이는 기호의 산란과도 같다. 利子라는 기호의 노이즈라고도 할 수 있다. 물론 노이즈는 노이즈일 뿐 의미가 없다. 利子라는 웅얼거림은 공백이고 무인 것이다.

이제 장경린 시에서의 利子의 의미를 헤아려볼 때가 되었다. 모든 구별이 소멸하고 利子가 무엇인지에 대한 탐색이 무의미해지는 곳, 모두가 利子가 되어버리는 곳, 利子가 텅 빈 공백으로 존재하는 곳, 이곳에서 利子는 알 수 없는 것이다. 그리고 세계를 利子로 치환함으로써 세계 역시 알 수 없는 것이 되고 만다. 요컨대 세계를 알 수 없는 공백의 장소로 바라보는 것, 장경린의 1990년대는 앞 세대와의 단절을 이렇게 확보하고 있는 것이다. 일종의 역사의 해지이다. 의미의 해지이고 방향의 해지라 할 수 있다.

'利子가 사라진다는 것은 끔찍한 일이다'라고
그는 생각해본다 어떻게 살아가며,
왜 살아가는가에 앞서,
'利子가 살아 있다는 것 자체가 소중한 것이다'라고
중얼거리는 그의 불안감을 통해 멸종된 利子들이
울부짖고 있는 것일지도 모른다

—「하얀 전쟁을 향하여」 부분

利子가 모든 것을 대신하게 되고, 利子라는 텅 빈 기호로 세계를 이해하게 되었을 때, 利子의 멸종이라는 "불안감"이 찾아온다. 하나의 언어만 반복하는 것은 모든 언어를 무너뜨리는 것임을 가리키는 것일까. 공백을 낳은 利子는 공백이 되어 사라지는 것일까. 그러므로 모두가 利子로 환원되었을 때 "利子가 살아 있다는 것"이 실제의 유일한 표지가 되는 것일까.

장경린의 利子는 명백히 인위적인 기호이다. 기획의 산물이다. 이 기호는 텅 빈 것이기에, 애초에 무어라 불려도 상관이 없는 것이었다고 볼 수 있다. 뜻이 아니기 때문이다. 뜻이 아닌 利子는 단지 위치로만 알 수 있을 뿐이다. 그런데도 利子는 움직인다. 살아 있다. 어쩌면 "멸종"된 채 살아 있는 것인지도 모른다. 아무 의미 없이 의미의 바깥에서, 利子는 부재하는 현존일 것이다.

장경린이 1990년대에 퍼뜨린 利子는 세계를 기호로 축약할 수 있는 가능성을 제시한 것이다. 이것은 2000년대에 도래하게 될 시편들에 나타나는 진공과 진동에 직간접으로 연동되는 것으로 보인다. 다시 말하면 이후의 시들은 일종의 利子와도 같은, 유령이나 귀신, 아이, 게이 같은 기호들을 들고 예측할 수 없는 각도로 휘어지거나 튀어오르면서 아주 멀리 뻗어나갈 수 있었던 것이다. 利子의 실험의 성과 위에서 가능해진 현상이다.

거대한 것과의 대결

—함성호의 『聖 타즈마할』(문학과지성사, 1998),
노태맹의 『유리에 가서 불탄다』(세계사, 1990)

시가 무엇이고 어떤 방식의 화법인가에 대해서 모든 시집들이 제각기 다른 모습을 보여주지만 강렬한 경험을 하게 하는 시집은 많지 않다. 시집 스스로 높은 파고에 이르러 있는 경우가 흔치 않은 것이다. 이것은 단지 감정이나 어조가 크다는 것을 의미하지 않는다. 인간과 세계를 둘러싼 역동적이고 모순적인 제반 내역들이 시집 전체에서 전격적으로 가동될 때 가능한 일이다. 강렬한 시집은 대개 많은 것을 내장하고 작동하게 마련이다.

1990년대에 출간된 시집 중에서 함성호의 『聖 타즈마할』과 노태맹의 『유리에 가서 불탄다』는 아마 그 크기와 너비에서 추종을 불허할 것이다. 이 두 시집은 1990년대를 통틀어 인상적인 강렬함을 준다. 둘 다 공히 현재의 삶에 초점을 맞추면서도 역사적 전거를 소환하고 있고, 무너진 지상의 삶과 이를 부축하는 재생에의 기도를 내장하고 있다는 점에서 그러하다. 또한 어조에 있어서는 선지

자의 음성을, 현대의 파괴된 자아의 음성을, 원형적인 사랑의 복원을 꿈꾸는 내밀한 목소리를 다면적으로 지니고 있는 점도 일치한다. 무엇보다 특별한 지명을 제목으로 삼고 있는 것도 눈에 띈다. 타즈마할과 유리(羑里)는 뜻이 있는 배경을 갖고 있으며, 현대에 접목되어 확장될 소지를 지니고 있다. 이와 같은 점들이 두 시집을 나란히 두드러지게 한다.

사실 1990년대에 이러한 시집이 나온 것은 여러 가지로 생각해 볼 만한 문제를 제기한다. 1990년대는 주지하다시피 전시대의 '거대함'과 결별을 하는 시기이기에, 대부분의 1990년대 시집들과는 다르게 이 두 시집은 거의 '나 홀로' 장엄하고 독자적인 풍모를 띤다. 세계의 크기, 그것에 대한 진단과 긴장, 절망과 사랑을 품고 있다는 점에서 1990년대적 축소나 거리감과는 괴리가 있어 보이는 것이다. 그래서 마치 전시대에 대한 1990년대적인 단절이 완결되기 전에 마지막으로, 세계의 의미를 문제삼고, 그 한복판으로 돌진해 들어가는 모습을 보이는 것 같기도 하다. 나아가 그 모습은 단지 전시대인 1970~80년대가 아니라 저물어가는 20세기 전체에 대한 제사와도 같다. 그토록 상징적이면서 비극적이고 서사적이면서 격정적이다.

타즈마할과 유리라는 설정으로 함성호와 노태맹은 거대한 현재적 가설을 축조해내고 축조의 가설을 꿰뚫는다. 그것은 단지 역사적 지명이 아니라 지금, 여기를 가리키는 민감한 지칭이 된다. 두 시집은 시가 감당해낼 수 있는 뜨거운 경의와 환멸, 사랑과 재생의 구조를 이 지명으로 완결해내기에 이른다. 두 시집을 비교, 검토하는 것이 1990년대의 한 지도를 구성하게 되는 이유이다.

1. 폐허로서의 타즈마할과 속화

첫 시집 『56억 7천만 년의 고독』에 이어 『聖 타즈마할』에 이르는 함성호 시의 큰 축은 폐허 의식이다. 두 시집 모두 거대한 제목을 달고 있는데, 제목의 크기는 건축의 크기라기보다는 바로 이 세계의 균열과 폐허의 크기라고 할 수 있다. 『聖 타즈마할』을 현대의 폐허의 장으로 대두시키면서 첫 시집에서의 폐허 의식은 두번째 시집에서 더 진전되고 있는 것으로 보인다. 함성호 시인은 자신의 시에 붙인 주석에서, "무굴 제국의 왕 샤 자한은 사랑하는 자신의 왕비 뭄 타지마할의 무덤을 건축한 후, 다시는 이런 아름다움이 존재하지 않도록 동원된 장인들의 손목을 모두 잘라버렸다"고 하면서, 자신은 "모더니즘의 손목을 자른다"고 하는 특별한 표현을 한다. 그 이유는 "다시는 이런 추악이 이루어지지 않도록" 하기 위함이라는 것이다. 즉 모더니즘이 현대 사회의 추악을 전개하는 것을 거둬들이기 위해서 모더니즘 자체를 중지시키겠다는 표명이다. 아름다움의 상징인 '타지마할'이 함성호에게는 반어적으로 추악의 상징인 '타즈마할'로 변모된다.

함성호 시인이 말하는 추악이라는 것은 『聖 타즈마할』에서 현대의 폐허를 가리키는 것으로 보인다. 그에게 현대와 현대의 삶은 "聖 타즈마할"의 그것인데, 그것은 폐허와 불모일 따름이다. '타즈마할'의 크기는 불모의 크기에 다름 아니다. 그가 이곳에서 한사코 폐허에 대한 사유를 전개하는 것은 크게 두 가지의 방식으로 나타난다. 하나는 신성의 궤멸과 타락이다.

> 신성한 강도 얼른 몸을 바꿔 타락을 드러내 보이고 저 강변의 보리수는 서서 죽었다 이제 나의 집은 여기이다
> (내가 버린 것들이 이렇게 무성하구나)
> 다시 태어난다면 숲을 누이는 저 바람으로 태어나리라 나 저 바람처럼 몸이 없는 마음으로만 떠돌다가 나, 또 몸의 울음으로 잉잉 전신주도 울리고, 다시는 저 너머를 꿈꾸지 않으리 온몸에 향기로운 기름을 바르고 아름다운 음악과 산해진미를 맛보며 마약과 섹스로 아아, 이 즐거운 생을 노래한다 폐허 폐허 폐허
>
> —「카필라바스투의 동문」 부분

너무 막 살았음으로
너무 망가져버린 육신이여
성인의 말씀이 나를 망쳤다
당역을 정차하지 않고 지나는 검은 열차의
이끌어가는 힘과, 이끌려가는 힘이여
바람과 같이 걷는다
나는 빨리 이 첨단에서
보수로, 반동으로 나아가고 싶다
쉬어갈 그늘 하나 없는 이 길

물에 대한 그리움과는 상관없이 사막이여

—「모든 길들이 나를 부른다」 부분

썩는다. 이 악취
오, 그리운 이 부패의 향기
신은 주사위놀이를 즐기는 중이다.
(중략)
보라, 아름다운 이 폐허!
누가 신의 놀이를 엿보는 경계 없는 어둠
어떻게 폭풍의 한 날이 우리를 불어갔는가?

—「신은 주사위놀이를 즐기는 중이다」

아무도 없었다 거기엔 젖도 꿀도, 그렇다 약속은 처음부터 우리의 것이 아니었다 모래바람 속에서 다시 오아시스는 번성할 것이다 허무의 성전을 찾아 떠나는 순례자들의 긴 발자국, 육중한 활로 어둠에 누운 강을 깨우자 눈뜬 자라들이 와서 다리를 이루었다 도망간다 이, 가짜 희망이여

—「죽음의 피크닉」 부분

인용한 시들은 모두 신성이 사라지거나 훼손된 현대 세계의 모습을 그리고 있다. 거룩하고 신성한 기운이 사라져버린 이 세계는 폐허이다. 생명과 정기의 자취가 말라버린 "聖 타즈마할"인 것이다. "신성한 강도 얼른 몸을 바꿔 타락을 드러내 보이고 저 강변의

보리수는 서서 죽었다" "성인의 말씀이 나를 망쳤다" "신은 주사위 놀이를 즐기는 중이다" "아무도 없었다 거기엔 젖도 꿀도, 그렇다 약속은 처음부터 우리의 것이 아니었다"와 같은 표현들은 이 세계의 황폐함을 직접적으로 드러낸다. "신성한 강"이나 "보리수"는 정기를 이 세계에 전하지 못하고 타락하거나 죽어 있다. 자연물 중에서도 강이나 나무는 유한한 인간을 넘어서는 정기의 근간인데, 쇠멸되어 있는 것이다. "성인의 말씀"은 길과 빛을 제시하는 것이 아니라 오히려 잘못된 길로 들어서게 한다. 왜냐하면 신은 이 세계를 돌보지 않고 "주사위놀이"를 하고 있기 때문이다. 시인에 의하면 사실 "젖"도 "꿀"도 "약속"도 이 세계에 속하는 것이 아니다. 여기에는 "아무도 없"는 것이다.

신성성이 사라진 이 세계에 대해서 자조적인 진술들이 이어진다. "썩는다. 이 악취/ 오, 그리운 이 부패의 향기"와 함께 "다시는 저 너머를 꿈꾸지 않으리 온몸에 향기로운 기름을 바르고 아름다운 음악과 산해진미를 맛보며 마약과 섹스로 아아, 이 즐거운 생을 노래한다 폐허 폐허 폐허"에서는 신성에 대한 기도를 버리고, 이 세계의 부패와 한몸이 될 수밖에 없는 냉소가 들어 있다. "즐거운 생"이라는 것은 "마약과 섹스"로 인한 타락의 징표일 뿐이다. 이 세계는 즐겁기는커녕 "쉬어갈 그늘 하나 없는 이 길/ 물에 대한 그리움과는 상관없이 사막"인 것이다. 이와 같이 신성이 소멸해버린 세계의 타락상에 대한 인식이 곧 폐허 의식이라 할 수 있다.

신성이 궤멸된 세계는 속화의 가속화에 들어선다. 『聖 타즈마할』의 폐허 의식의 또다른 부분이 이 속화에 할애된다. 이 세계는 구원과 영원으로부터 배제된 타락과 몰락의 방향에 있다. 여기서는 아무것도 꿈꾸지 않으며 타락한 문명과 삶이 있을 따름이다. 낮은 삶은 여기서 뒹굴고 있다. 이것은 "우리의 문명은 언젠가는 저 길 위의 소실점을 향하여 소멸해갈 것이다"(「이 화려한 유적지」)라는 비관적 전망에서 비롯된 것이다.

욕망이 너희를 자유롭게 하리라/진리가 너희를 (……)
나를 자유롭게 하리라고 믿지 않았다
내 인생의 목표는 기차와 권총이다
나는 대본소 만화당에서 이미 인생을 깨우쳤다
내가 홀리고, 사로잡혔던 것들
굳건하다고 믿었던 것들이
허무하게 무너지는 세기이다.

—「붕괴 직전」 부분

화장술의 도시 그, 가벼운 껍질들
허상의 분위기들, 맥락 없는 이미지들, 가짜들
이 모든 것들을 나는, 나의 정원이라고 말한다
THK9밀리 석재 타일이 깔린 함정 같은 보도와
THK0.5밀리 동판으로 접힌 교회의 첨탑으로 내리는 산성비

—「구름의 장식을 찾아서」 부분

찬란한 도시의 콘크리드와 철골과 유리의 – 광명과, 청춘과, 신념은

멋진 신세계에 대한 인류의 환영이었다
네이팜탄과, 스팅어미사일과, 크레모어의 이 즐거운 소비,

—「에이전트 오렌지」 부분

애리조나 주 출신의 미군 병사가 십 달러짜리 지폐를 말아
오른쪽 콧구멍에 대고 있다
살인과 코카인의 이 묘한 도덕적 알리바이를,
선거와 전쟁이라는 이 이십 세기를,
나는 행복한 피조물의 살인 백화점이라고 적는다

—「우리들의 살인 백화점」 부분

인용한 시들은 모두 이 세계의 속된 삶의 세목과 정황들이다. 기차, 권총, 만화, 화장술, 껍질, 교회 첨탑, 철골, 네이팜탄, 스팅어미사일, 크레모어, 지폐, 살인, 코카인, 선거, 전쟁, 백화점 들이 무차별적으로 살포되어 있는 문명은 "허무하게 무너지는 세기"의 무용한 전리품들이다. 이것들은 자유의 설치물이 아니라 "멋진 신세계에 대한 인류의 환영"이었으며, "소비"물일 뿐이다. 함성호가 바라보는 "聖 타즈마할"이라는 이 세계는 "곧 무너져내릴 바벨탑의 하룻밤"(「에이전트 오렌지」)이라고 해야 할 것이다.

"聖 타즈마할"은 거룩하지 않다. 거룩하지도 아름답지도 않으며, 아름다운 "타지마할"에 대한 일종의 패러디다. "타지마할"이 최상의 아름다움의 지점이라면, "타즈마할"은 그와 상반되는 황폐함의 표상이다. 어떠한 연유로, 어떠한 과정을 통해 지상에서 신성이 빠

져나가게 된 것인지는 드러나지 않지만, 정기가 사라져버린 이 땅에서 타락과 속화가 전면화되어 "붕괴 직전"에 있다는 진단은 엄중하고 절망적이다. 그리고 이 절망 가운데 시인은 '타즈마할'을 떠나 불쑥불쑥 유년과 고향이라는 시원으로 회귀한다. 그곳은 이를테면 신성이 남아 있고, 돌아가 회복될 수 있는 곳이다. '타즈마할'의 대리물로 나타나는 이 반문명을 떠올리는 적지 않은 시편에서 시인은 훼손되지 않은 기억과의 합일을 꿈꾼다. '타즈마할'은 시종 비판적 자리에 놓이게 되는 것이다.

2. 유리의 이중성과 허구, 유리되기

노태맹의 『유리에 가서 불탄다』는 제목부터 강렬한 시집이다. 시집에 수록된 시들은 한 편 한 편이 어떤 제의(祭儀)에 가깝다. 유리를 빌려 시대에 대해, 세계와 인간에 대해 모든 것을 투사한 제례의식을 치르고 있는 듯이 보인다.

이 제례는 유리를 중심으로 유리에 대한 탐구와 복원의 양상을 띤다. 수록된 많은 시들이 유리에서 시작해서 유리를 화두로 하여 사유를 전개하고 있다. 유리란 무엇인가. 은나라 주왕이 후일 주나라 건국의 바탕을 조성하는 문왕을 가두었던 곳이다. 주왕은 세력이 커지는 문왕을 견제하고자 유리라는 감옥에 가두었는데, 문왕은 그곳에서 유교의 고전인 주역을 완성하게 된다. 유리는 문왕에게 감옥이었지만 주역이 탄생하는 발견과 깨달음의 장소가 된다.

즉 구속의 장소이면서 이 세계의 변화와 질서를 설명하는 주역을 탄생시킨 정신적 투찰의 지점이 되는 것이다.

이 이중성은 노태맹에게 중요한 출발이 된다. 그는 이 세계의 배반과 가역을 이러한 유리의 이중성을 통해서 본다. 세계는 감옥이면서 해방의 장소라는 점에서 모순적이고, 그 안에 거하는 인간도 이에 억압되어 있으면서 그러나 억압을 넘어서는 모순적 존재이다. 유리는 문왕의 유리에 그치는 것이 아니라 지금 이 시대의, 현재적 인간의 이율배반적 조건이 된다.

그대 유리에 너무 오래 갇혀 있었지
먼지처럼 가볍게 만나
부서지는 햇살처럼 살자던 그대의 소식 다시 오지 않고
유리에 가면 그대 만날 수 있을까
(중략)
어쩌면 그대는 유리를 떠나고
유리엔 우리가 살아서
오늘은 그대가 우리를 만나러 오는
시퍼런 강이 되기도 하겠지만

—「유리에 가면」 부분

그러나 여기 유리에서 외부는 없네.
마른 북 울리며 늙은 소 가장 높은 곳으로 올라가고
물 마른 강가 저녁 얼굴 가리고

부러진 나무 속에 갇혀 우리 불타네, 우우
유리에 가서 우리 불타네

—「유리에 가서 불탄다」 부분

아이들은 우는 그 어미들을
산 깊이 버리고 파묻었네 스스로 타서
스스로 빛나는 둥근 유리의 자궁을 지나
아이들은 미끌거리는 미래를 빠져나오고
(중략)
유리의 집과 유리의 길들
유리에는 오직 반짝이는 외부만 있어
모두를 보여주는 모두를 비춰주는
결코 스스로 드러나지 않는 그 유리의 유리 심연 속으로
검은 거북 한 마리 천천히 걸어 들어갔네

—「유리는 유리처럼 빛나고」 부분

유리에 대한 시들은 먼저 일정한 장소로서의 유리를 상정하고 전개된다. 그 장소는 1차적으로 구속의 장이다. 그런데 구속으로서의 유리가 폐쇄적 고정성을 갖는 것은 아니다. 누가 유리에 있는 것이며, 유리는 어디에 있는가 하는 문제로 오면 모든 것은 유동적이게 된다.

예를 들어 "그대 유리에 너무 오래 갇혀 있었지" 하던 진술은 뒷부분에 가서 "그대는 유리를 떠나고/ 유리엔 우리가 살아서"로 뒤

바뀐다. 유리에는 "그대"가 갇혀 있다고 생각되지만 실은 "우리"가 갇혀 있는 것이다. 구체적인 전복의 정황은 알 수 없지만 유리의 이중성을 보여주는 부분이다. 유리는 오히려 우리가 갇혀 있고 "그대가 우리를 만나러 오는" 곳이다. 한편 유리의 비고정적 감옥 이미지는 다른 시에서 "유리의 자궁"이라는 표현에 의해 다시 상반된 의미를 얻는다. 유리는 이번에는 자궁으로 나타난다. 자궁은 탄생시키는 장소이다. 그리고 이렇게 유리가 감옥이기도 하고 자궁이기도 하다면, 유리의 본질은 무엇인가. 유리는 추론할 수 있는 것인가. 어쩌면 유리는 알 수 없는 곳이며 동시에 모든 곳일 수 있다. 유리로 표상된 우리의 세계 역시 그러할 것이다.

유리의 이중적 이미지는 "여기 유리에서 외부는 없네"와 "유리에는 오직 반짝이는 외부만 있어"라는 구절들에서도 선명하게 제시된다. 외부가 없다는 것이 탈출구가 없는 억압된 상황을 암시하는 것이라면, 외부만 있다는 것은 어떤 의미인가. 외부만 있는 유리는 "모두를 보여주는 모두를 비춰주는" 것인데, 이것이 어찌하여 심연인 것인가. 어떤 의미의 "유리 심연"인가. 외부가 없는 것과 외부만 있는 것은 같은 심연인가, 다른 심연인가. 상치되는 이미지들이 내포하는 의미는 모순된 채 공존한다. 유리는 흑이지만 백이고, 마찬가지로 백이지만 흑이다.

유리의 이중 이미지는 우선은 현실 세계에 대한 암유로 보인다. 하지만 한편으로 유리는 뚜렷한 실체가 아니라 추상화되는 계기로 작용하게도 한다. 비록, 역사적 내막을 가진 실제 지명이라 할지라도 모순적이고 허구적으로 보이기도 하는 것이다. 아닌 게 아니라 시집에서 "유리"라는 말 외에 가장 빈번히 출현하는 것은 "허구"라는 말이다. "허구"는 유리를 표현하거나 대용하는 말로 집중적으로 나타난다. 직접적으로 유리는 곧 허구라는 진술에까지 이른다.

아름드리 천도나무 길 양켠으로 늘어선 제석사가 허구라면
황금 두루마리 잘못 읽는 나는 잘못 읽는 것이 아닙니다.
(중략) 나는 오늘도 다시 제석사로 올라가며 씁니다.
황금 두루마리가 허구이듯 잘못 읽는 나도 어차피 허구입니다.
목구멍에서 튀어나온 핏덩이 낙타 다시 다 뜯어먹고
허구의 숲과 폭포를 지나
한 허구가 다시 허구의 황금 두루마리 제석사로 올라갑니다.
나는 잘못 쓰고 잘못 읽습니다.

—「나는 잘못 읽는다」 부분

모든 집들은 허구였네 기억은 만들어지고
우리 헐떡이며 기다리던 물 마른 강도
만들어진 기억이었네. (중략)
어차피 유리는 허구이므로
가지가지 고통 다 겪을 수 있다는 듯 남자들은 대담해졌고
은행나무 아래 수수깡처럼 가벼운 아이의 목이 뚝
꺾였네 두려운 누군가가 칼을 들어 다시 한번 거북의 등을
내리찍었지만 모든 길들은 허구이므로
길이 끝나는 곳에서 붉은 새들 딱딱한 입 오래 다물지 못했네.

—「유리는 불탄다」 부분

"유리"에 투사되었던 실존은 같은 크기와 힘으로 "허구"로 향한다. 시집의 절반이 유리로 되어 있다면 나머지 반은 허구로 되어 있다. 그리고 허구 역시 이 세계의 전제이고 조건이 된다. 존재하는 현실, "제석사" "황금 두루마리" "숲" "폭포" "집" "강", 모두가 허구다. 이러한 풍경을 "잘못 쓰고" "잘못 읽"는 "나"도 허구이다. 허구는 이외에도 다양하게 변주된다. "버릴수록 더 흘러드는 허구의 강이여" "시간도 허구" "허구의 암자 하나 세웠다 바로 허물고 내려오네" "티끌 위에 새겨진 허구" 등이 나타난다. 이 세계가 유리의 세계이고, 또한 이 세계가 허구의 세계이며, "어차피 유리는 허구"라는 생각이 노태맹의 『유리에 가서 불탄다』의 인식이다. "모든 길들은 허구"이며, 유리도 예외는 아닌 것이다. 유리는 현실이면서 허구이다.

노태맹은 이 세계를 유리로 보았지만 유리 자체도 허구로 회수해버린다. 그리고 유리가 허구일 때, 존재들이 이 허구를 관통하는 것이라는 생각을 한다. 유리가 무엇인지 알 수는 없지만, 실상 우리 존재들은 이 허구를 꿰뚫음으로써 유리를 유리화하는 것이다. 이것은 대략 세 가지의 모습으로 나타난다.

첫째는 세우기이다. 유리가 허구라는 것은, 유리를 허구로 세운다는 것이다. "잎 지는 가을 내내 안개산 걸어 내려/ 우리 帝江에 푸르고 둥근 얼음의 집 세웁니다"(「다시 제강(帝江)을 기다리며」)에서 보듯 우리는 허구에 다를 바 없는 "얼음의 집"을 세운다. 녹아

사라지는 것을 세움으로써, "얼음의 집"은 "푸르고 둥근" 형체를 갖는다. "금빛 물고기 푸른 바위에 올라 다시 유리를 낳고/ 번득이는 일곱 개의 샘의 눈이 유리 기르는 것을"(「금빛 물고기 유리를 삼키고」)이라는 구절에서는 "물고기"와 "샘"이 "유리를 낳고" "유리 기르는" 모습을 보인다. 이 역전된 사고는 자못 흥미롭다. 유리가 존재의 전제가 아니라 존재가 유리를 생산하고 키우는 것이다. 허구를 껴안는 것이 존재의 방식이다.

둘째는 찌르기이다. "태양을 눈알로 박아넣고 산다는 장산곶 매의 가슴에/ 내 뜨거운 푸른 단도 깊이 찔러넣고 싶습니다"(「푸른 단도(短刀)를 위하여」) "이제 모든 책 속의 은유와 상징은 거짓이므로/ 내 푸른 칼로 금빛 물고기 등 내려찍습니다"(「음나무 아래 푸른 칼을」)에서 칼로 "찔러넣고" "내려찍"는 모습이 인상적이다. "장산곶 매"와 "금빛 물고기"는 상징적이고 신화적으로 보이며, 이 신비한 존재들을 칼로 찌르는 행위는 이들을 깨우는 것과도 같은 충격을 준다. 마치 허구의 유리를 깨워서 유리를 존재하게 하는 것 같은 느낌이다.

셋째는 불타기이다. 이제 제목부터 시작해서 여러 번 등장하는 "유리는 불타네" "유리에 가서 불탄다"라는 구절을 살펴볼 필요가 있다. 불타는 유리에 가서 우리가 불탄다는 것은 무슨 뜻일까.

"유리는 허구"이지만, "유리는 불타"고 있다. 불타는 것은 존재한다는 것이다. 존재하지 않으면 타오를 수 없다. 불타고 나면 소멸할지라도 불타는 동안 유리는 격렬하게 존재한다. 유리가 압도적인 것은 유리의 이중적 의미도 아니고 허구의 접수도 아니다. 바로 유리가 타오르고 있다는 점이다. 유리는 타오르는 허구이다. 현재적이고 실존적인 것이다. 단지 개념이 아니다. 이것을 시인은 "이제 유리에서 푸른 강의 은유는 끝났네" "불타는 유리의 은유 빠져나가네"라고 표현하고 있다. 유리는 의미와 은유를 넘어서 존재한다. 없으면서도 타오른다.

노태맹은 우리 역시 "유리에 가서 불타"고 있다고 한다. 유리로 가서 이 허구와 함께, 허구로 타오르는 것이다. 어쩌면 유리는, 무엇인지도 모르면서 우리가 사로잡혀 있거나 믿고 있는 어떤 것인지도 모른다. 우리가 행하고 있는 어떤 것일 수도 있다. 그리고 그렇다면 우리는 애초에 유리와 있는 것이다. 유리가 존재할 때 우리도 존재하며, 우리는 유리이다.

노태맹의 시는 유리에 대한 인식, 유리의 이중성에서 출발해서 유리의 허구성을 경유하여 유리를 불타게 한다. 그리고 그 불타는 유리에 가서 우리도 불타오름으로써, 우리는 유리를 불러낸다. 유리를 살아낸다. 우리는 유리가 된다. "유리에 가서 우리 불타네"(「유리에 가서 불탄다」)라는 토로는 이렇게 우리가 유리가 되는 순간의 기록이라 할 수 있다.

3. 타즈마할과 유리

이 세계를 타즈마할이나 유리로 보는 것은 현재의 삶을 어떤 가설로 구조화하여 바라보는 것이다. 현대에 입안된 타즈마할과 유리는 설화적이거나 신화적이기도 하며 때로 문명 비판적이다. 하지만 특정 지명에 걸쳐 있는 두 시집은 또한 차이를 가지고 있기도 하다.

먼저 함성호의 타즈마할은 문명, 신, 세기, 타락, 폐허 등 거대 담론적 특징을 띤다. 직정적이고 병렬적 진술이 전개된다. 이에 비해 노태맹의 유리는 구속과 해방, 내부와 외부, 허구와 은유 등의 의미들과 결합되어 추상적인 성격을 지니고 있다. 은유와 상징이 강하고 문학적 수사를 풍부하게 거느리고 나타난다. 타즈마할은 지성적이고 문명 비판적이며 인공적으로 느껴지는 반면, 유리는 다분히 철학적이고 주술적인 포괄을 이룬다. 또한 타즈마할이 부패와 타락을 비판하는 관조와 하강의 방향이라면 유리는 폐쇄와 해방의 이중성을 지닌 상징물로서 상승의 기운으로 추구되고 있다.

이와 같은 차이들을 종합해보건대 시집 전체를 통틀어 타즈마할은 고향과 유년의 신성함과 상반되는 타락된 공간으로 비판적 대상이 되는 반면, 유리는 거듭되는 역설을 통해 이중성을 넘어서는 전면적이고 절대적 공간으로 자리매김된다. 타즈마할은 머무를 곳이 아니다. 출구는 따로 있다. "푸른 직육면체"와도 같은 고향이라는 시원은 반근대적인 기억의 공간이며 타즈마할은 아닌 것이다. 이에 비해 유리는 출구 없는, 빠져나갈 수 없는 곳이다. 유리는 제의적 과정을 통해 "유리처럼 빛나고", 불타오르는 현재가 되는 것이다. 유리는 곧 유리와의 합일을 내포한다.

이러한 차이를 지니고 있지만 함성호의 "타즈마할"과 노태맹의 "유리"는 1990년대에 튀어나온 거대한 가공물이다. 이것은

1970~80년대 체제의 구체적이고 현실적인 거대함과는 달리, 추상화된 거대함이라고 할 수 있다. 추상의 크기를 감당해내고 가공해가면서, 거대함과 대결해나간 두 시집의 1990년대적 의미는 새삼스럽다. 1990년대의 대부분의 시들이 거대 서사나 역사를 부정하고 개인과 자아의 영역으로 옮겨가는 순간 이 가공물들이 출현했기 때문이다. 요컨대 제도나 체제라는 대타적 상관물이 아니라 비로소 현실과 상상을 아우르는 새로운 구성체가 입안되고 설계된 것이라 할 수 있다. 두 시집의 의미는 이렇게 거대한 것들이 밀려가는 자리에 태어난 새로운 거대함일 것이다. 창조된 거대함, 포괄적 거대함 말이다.

이제 은유와 상징의 시대는 갔다. 정신이 가고 물질의 시대가 왔다. 1990년대를 거쳐 2000년대에 이르러 시는 확연하게 거대한 구성, 성인의 척도, 비판적 진단과 거리가 멀다. 시는 이 세계를 표상하는 말을 더이상 찾지 못한다. 타즈마할과 유리는 아마 이 세계의 크기와 굴절과 가역성을 아우르는 마지막 장치들에 속하는 것이 아닐까. 이후로 이들에 버금가는 상징이 출현하지 못했으니 말이다.

점들의 공습, 무심한 콜라주

—최정례의 『내 귓속의 장대나무 숲』(민음사, 1994)

우리는 흔히 나무를 보지 말고 숲을 보라든가, 손가락을 보지 말고 달을 보라는 등의 말을 한다. 또는 나무도 보고 숲도 보아야 한다는 식의 부연을 하기도 한다. 하지만 인식론적으로 말하면 이러한 말들은 부적절하다고 할 수 있다. 엄밀히 말해 우리는 나무는 알지 못하고 숲만 알 수 있는 까닭이다. 우리가 알고 있는 것은 어디까지나 숲의 체계이다. 체계는 약속이며, 우리는 약속만을 알아볼 수 있는 것이다. 당연히 개별은 체계 속에서라야 파악이 가능하다. 어떠한 행위나 사건을 이해한다는 것은 숲을 가져오는 것에 다름아니다. 바로 나무를 숲속으로 들여놓는 것이다.

요컨대 우리의 인식과 판단은 일정한 구조와 체계의 산물이다. 무엇을 안다는 것은 이 구조를 깨닫는 것과 같다. 자연이나 인문적인 환경, 사회적 상황들은 모두 구조와 질서에 의해 가시화된다. 쉴새없이 벌어지는 크고 작은 일들은 사전적으로 혹은 사후에 질서에 통합되거나, 질서에 비추어 파악된다. 모든 종류의 사유 체계가 바로 이에 의해 성립되는 것이다.

이것을 기하학적으로 표현해보면 점은 선에 의해, 선은 면에 의해, 면은 3차원적 부피를 가진 도형으로의 방향에 의해 이해된다고 할 수 있다. 연관과 구조화는 이해를 위한 필연적 전제로 보인다. 이를 떠나서는 성립할 수 없다. 따라서 이 방향을 역으로 돌려놓으면 우리는 자연히 이해의 길에서 멀어지게 된다. 입체도형에서 면으로, 면에서 선으로, 선에서 점으로 나아갈수록 사유 체계를 작동하기가 어려워진다. 체계를 벗어나는 것을 이해하기 위한 도구가 존재하지 않는 것이다. 이해는 다름아닌 체계의 사용이기 때문이다.

최정례 시인 특유의 이상한 시쓰기는 그동안 여러 방식으로 불려왔다.[10] 어떤 식으로 지칭되든 그의 시쓰기가 이상해 보이는 것은 보편적인 인식의 방향을 역행하고 있기 때문이다. 보통의 경우처럼 행위와 사건들, 감정들이 체계 속으로 들어가 인식의 카타르시스를 불러일으켜야 하는데, 이와는 정반대로 집요하게 부분으로 흩어지는 것처럼 보이는 것이다. 확산과 연관이 아니라 고립과 미지로의 행로 말이다. 이는 직접적으로 인식의 거절로 보인다. 그의 시가 이상하고 엉뚱하게 보이는 까닭이 여기에 있다. 이 특유의 모습이 최정례 식의 '어리둥절' 화법을 낳는다.

---

10) 문혜원은 '무표정'으로, 이광호는 '최정례 시의 날카로운 아이러니'로, 최현식은 '껍벽임'과 '알 수 없음'으로, 함돈균은 '최정례 식 시치미 떼기'와 '어리둥절'이라는 말로 표현하고 있다(문혜원, 「아무것도 아닌 것처럼, 생의 울음과 분노와 슬픔을 감추고」; 이광호, 「다른 생의 시간 속으로」; 최현식, 「시간의 주름과 존재의 착색」; 함돈균, 「이제 그의 시계는 오른쪽으로 돈다」).

시인의 첫 시집 『내 귓속의 장대나무 숲』은 1994년에 나왔다. 이 시집은 이후 시인의 지속적인 작업을 통해 그 모습이 선연해지는 어떤 단초를 제공하고 있다. 그의 '어리둥절'이 최초로 태동하는 장면들을 담고 있는 것이다. 이것은 1990년대가 가능[11]하도록 정밀한 역할을 한 것으로 평가될 수 있다. 주지하다시피 1990년대는 전체를 벗어나는 반(反)전체의 에너지가 발산되었던 때이며, 최정례의 발성은 이와 세밀하게 일치하고 있다. 보다 정확하게 이야기하자면 최정례의 열외적 화법이 1990년대를 생성해낸 한 계기가 되었다고 할 수 있다.

1. 시간의 순간화

새삼스러울 것도 없이 인간은 시간적인 존재이다. 인간의 경험과 인식이라는 것은 시간, 추상적이면서도 물질적인 시간 안에서 구성되며 파악될 수 있다. "이제까지 산출된 현존재의 모든 기초 구조들을 그것들의 가능한 전체성과 통일성 그리고 전개와 관련해서 볼 때, 그것들이 근본적으로 시간적이고 시간성의 시간화의 양태들로서 개념 파악될 수 있다는 점을 증명해야 한다"[12]는 하이데거의 말은 인간 존재와 존재성이라는 본질이 시간성에 대한 이해

---

11) 1990년대의 가능성을 최현식은 "1990년대가 넘어서야 비로소 기억과 시간은 온전한 개인의 몫으로 돌려졌"다는 것에서 찾고 있다(최현식, 같은 글, 131쪽).

12) 하이데거, 『존재와 시간』, 이기상 옮김, 까치글방, 1998년, 405쪽.

속에서라야 가능한 것임을 시사한다. 존재란 무엇보다도 '시간화의 양태'에 다름아닌 것이다. 그리고 하이데거에게서 존재는 막연한 '현존재'가 아니라 '현존재의 모든 기초 구조들'에서 출발하는 것이므로, 존재를 이해한다는 것은 결국 시간성으로 구조화된 존재를 이해한다는 것임을 알 수 있다.

하이데거는 이어지는 논의에서 시간성을 통일성으로 간주한다. "현재화하는 도래로서 통일적인 현상을 우리는 시간성이라고 이름한다"라거나 "구조 다양성의 전체성의 통일성을 밝혀내는 데까지 나아가야 한다" 또는 "구조의 근원적인 통일성은 시간성 안에 놓여 있다"[13]와 같은 말들에서 그가 생각하는 구조는 통일적인 것이요, 통일성의 전제 위에 시간성이 서 있음을 알 수 있다.

이제 이를 모두 종합해보면 대략 다음과 같다. ① 구조와 통일성과 시간성은 인간 존재를 이해하는 데 선결 요건이다. ② 이들 요소들은 상호 연관되어 있다. ③ 시간성과 시간화라는 것은 인간의 존재 방식을 파악 가능한 상태로 구조화하는 것이다.

최정례의 시를 읽을 때 우리가 맞닥뜨리는 커다란 곤란함은 그의 시가 바로 이와 같은 시간의 특성을 역행하는 데에 기인한다. 그의 시는 하이데거적인 시간의 의미, 즉 구조와 통일성이 자주 붕괴된 채 진행된다. 구조가 아니라 최정례의 시에서는 외려 시간의 단자화가 두드러지게 출현한다. 시간이 구조가 아니라 순간으로 등록되는 것이다. 이때 순간은 점이 되어 흩어지고 떠도는 지점들

13) 하이데거, 같은 책, 433~434쪽.

이다. 마치 순간이 공간화되는 듯이 여겨지는 것이다. 요컨대 구조가 소멸되고 시간이 순간으로 착상되는 지점, 이것이 최정례 시의 기묘한 현장이다.

연신내 시장 앞에서 곰이 그려진 털신 하나를 만났습니다 끈 풀린 운동화 발목 접힌 고무 장화 가운데 주인은 목도리로 얼굴을 잔뜩 싸매고 조는 듯 웅크리고 있었습니다 마악 몇몇 가게에서 반짝하고 불이 켜지고 추적추적 구파발행 버스가 들어서고 아직 첫 걸음도 떼놓지 않은 아이의 털신은 여러 해 세상을 떠돌아다닌 내 낡은 신발을 물끄러미 바라보고 있었습니다 포장 새로 너풀대는 깜깜한 하늘을 향해 한 발짝 내디디려는 듯이

어스름이 어둠으로 다져지고
어린 나는 우물가를 뱅글뱅글 돌면서 아버지를 따라가겠다고 악을 쓰고 울었습니다 아버지는 품에서 털신 한 켤레를 꺼내 안기며 다음 다음에 이걸 신고 함께 가자며 달래 재워놓고 떠났습니다

그날 이후 무엇이었던가 어디로부터였던가 나는 그만 깜빡 잊고 세상에 나와 너무 오래 서성였습니다 더이상 오므려 넣어볼 수 없이 커버린 발을 여기저기 끌고 다녀야 했습니다

연신내 눈발이 조심스럽게 기웃거리다 재빨리 털신 속으로 파고들고 눈물샘의 길을 따라 밀려나온 물방울인 듯 내 첫 눈물을 불러

보여주었습니다

—「첫 눈물」 전문

『내 귓속의 장대나무 숲』에서 인상 깊은 시 중의 하나이다. 이 시에는 두 개의 털신이 나온다. 연신내 시장에서 우연히 만난 곰이 그려진 털신과, 이 털신에 의해 촉발된 또다른 털신, 즉 어릴 적에 아버지가 떠나면서 품에서 꺼내주던 털신이 그것이다. 두 개의 털신이 병치되어 있는 장면은 기이한 느낌을 준다. 전혀 다른 장소에서 다른 의미로 존재하던 두 털신이 문득 나란히 병존하는 것이다. 털신들이 자신들이 속해 있는 역사와 시간의 그물을 찢고 지금 예기치 않게 튀어나와 이웃해 있다.

이에 대해 일단은 이렇게 생각해볼 수 있다. 연신내의 털신은 아버지의 털신을 불러내고, 아버지의 털신은 연신내 시장의 털신을 가능하게 한 것이라고 말이다. 따라서 이 치밀한 공존에 대해 털신은 두 개가 아니라 하나라고 의미 있는 분석을 시도할 수도 있을 것이다. 현재와 과거의 뜻 아닌 조우를 통한 기억과 재생의 삶에 대한 이야기로 이해할 수도 있는 것이다.

그러나 최정례 시의 독특함은 그러한 일반적인 의미의 행로를 따라가지 않는 데 있다. 아버지가 내준 털신은 시간의 심연을 뚫고 갑자기 현재 속으로 불려 나온다. 어릴 적의 그 털신은 지금 현재가 되어 살아난다. 다시 말하면 기억과 시간의 수조 속에 묻혀 있던 털신이 지금 호출되어 시간이 아닌 순간으로 탈바꿈되는 것이다. 마치 튀어나오길 어둠 속에서 기다렸다는 듯이 어릴 적 털신은 연신내의 털신에 의해 현재의 지점을 갖게 된다. 생생한 현재의 조각, 현재의 삶으로 말이다.

중요한 것은 이때 연신내의 털신과 아버지의 털신이 단지 순간으로 존재할 뿐 어떠한 구조를 형성하지 않는다는 점이다. 시에서 두 털신은 구조와 의미의 쇠락 속으로 들어가지 않는다. 두 개의 털신으로 떠 있을 뿐이다. 그리고 이렇게 불현듯 이루어진 병치로써 털신은 알 수 없는 것이 되어버린다. 어떻게 해서 털신이라는 것들은 문득 나타나는 것일까. 여기저기서 튀어나오는 이것들은 무엇일까. 하이데거의 생각처럼 "순간의 현상은 원칙적으로 지금에서부터 해명될 수 없"[14)]는 것일까.

최정례 시의 두 털신은 시에서 끝내 해명되지 않고, 이해 이전에 맞닥뜨려야 할 무엇으로 존재한다. 그리고 생생하게, 함께 반짝인다. 이것은 사물들끼리의 뒤척임이다. 어우러진 순간들의 자태라고도 할 수 있다. 그리고 인간의 시간 속에 묶여 있는 사물들을 이렇게 사물들의 순간으로 탈환해내는 것이야말로 최정례 시의 미학일 것이다.

2. 사건의 이미지화

시간의 구조성과 통일성을 벗어나 순간이라는 것, 그 본래적인

---

14) 하이데거는 이를 "순간에서는 아무것도 나타나지 않"는다고 표현한다(하이데거, 같은 책, 447쪽).

현재를 창출한다는 것은 또 한편으로 사건을 장면으로 이미지화시키는 것이라 할 수 있다. 원래 사건은 진공 속에서는 이루어질 수 없으므로 시간의 지원을 받는다. 사건이 원인이 되든 결과가 되든 사건이란 시간의 구조로 이루어지며 일정한 서사를 이루는 것이다. 계기성이 강하게 나타나는 사건이나 우연적인 사건이나를 막론하고 사건이 역사성을 띠게 되는 것은 이 때문이다. 그러므로 이렇게 말할 수 있을 것이다. 사건은 시간성을 띠게 되면서 구조화되고 이를 통해 인식 가능하게 된다고 말이다. 이것이 서사의 패턴이다.

최정례의 시에는 과거의 삶의 서사가 많이 들어와 있다. 『내 귓속의 장대나무 숲』을 읽다보면 시인의 어린 시절이나 어머니, 아버지, 친척이나 주변 사람들의 삶을 자주 만나게 된다. 그의 상상은 항상 이러한 삶의 기저에서 끌어올려지며, 아주 높이까지 나아가더라도 아무것도 없는 허공에 연원을 두지 않는다. 가난과 질곡과 죽음 같은 것들이 그의 시가 최초에 맞닥뜨린 삶의 내용들이다. 그는 이 내용을 자신의 정곡으로 삼는다.

하지만 최정례의 시가 어린 시절의 곡진한 삶의 파란을 자신의 정서적이고도 인식적인 지반으로 삼고 있다는 것은 정확한 의견이 아니다. 외려 그 반대의 지적을 해야 할지도 모른다. 어린 시절의 여러 사건들은 그의 정서와 인식을 불발로 만든다고 말이다. 시에는 추측건대 여러 겹의 파장을 일으키는 사건이 들어와 있는데, 그것은 정서적이거나 인식적인 환원으로 정돈되지 않는다. 그러므로 이해되지도 않는다. 그의 시 속의 사건은 사건이라기보다는 이미지로 돌출되기 때문이다. 이미지가 사건을 지배하는 것이다. 이미지는 사건을 맥락 속으로 떠내려 보내지 않는다. 이해 속으로 소멸시키지 않는다. 시인은 사건을 이해하기보다는, 이미지로 마주보고 있다.

서천 냇가에 고기 잡으러 갔다
솜방맹이 석유 묻혀
깊은 밤 검은 내 불 밝히면
붕어들 눈 멀거니 뜨고 가만 있었다
흐르는 냇물 안고 자고 있었다
밑 빠진 양철통 갖다대도
아직 세상 흐르는 줄 알고 가만 있었다
우리 언니 죽을 때 꼭 그랬다
착한 눈 멀거니 뜨고
입 벌린 채

—「서천으로 1」 전문

병점(餠店)엔 조그만 기차역 있다 검은 자갈돌 밟고 철도원 아버지 걸어오신다 철길가에 맨드라미 맨드라미 있었다 어디서 얼룩 수탉 울었다 병점엔 떡집 있었다 우리 어머니 날 배고 입덧 심할 때 병점 떡 한 점 떼어 먹었다 머리에 인 콩 한 자루 내려놓고 또 한 점 떼어 먹었다 내 살은 병점 떡 한 점이다 병점은 내 살점이다 병점 철길가에 맨드라미는 나다 내 언니다 내 동생이다 새마을 특급열차가 지나갈 때 꾀죄죄한 맨드라미 깜짝 놀라 자빠졌다 지

금 병점엔 떡집 없다 우리 언니는 죽었고 수원, 오산, 정남으로 가는 길은 여기서 헤어져 끝없이 갔다

—「병점」 전문

두 시는 모두 가족사의 한 대목을 보여준다. 「서천으로 1」은 언니의 죽음이, 「병점」은 어머니의 임신이 모티브이다. 분명 시인의 내면 형성에 지대한 영향을 미쳤을 이 사건들은 대개의 경우에서처럼 소재의 인식론적 회수라는 보편적인 길을 따라가지 않는다. 시인은 전혀 다른 전회를 한다. 언니의 죽음이나 어머니의 임신의 의미를 숙고하는 것이 아니라 이 사건들을 이미지로 접촉하는 것이다. "붕어들 눈 멀거니 뜨고 가만 있"는 것과 "언니 죽을 때" "착한 눈 멀거니 뜨고/ 입 벌린" 모습의 병치는 죽음의 사건이라기보다는 죽음의 장면이고 이미지이다. "우리 어머니 날 배고 입덧 심할 때 병점 떡 한 점 떼어 먹었다 머리에 인 콩 한 자루 내려놓고 또 한 점 떼어 먹었다"는 것도 마찬가지이다. 머리의 자루를 내려놓고 어머니가 떡을 떼어 먹는 것은 무엇으로도 환수되지 않는 어머니의 이미지이다. 시인은 죽음이나 떡을 통찰하지 않는다. 그것을 본다. 언니나 어머니를 볼 뿐이다. 그것은 이해가 아니다. 대면이다. 최정례의 시는 섬뜩한 대면을 요구한다. 인식 이전에 우리를 점령하고 있는 어떤 것, 우리가 그것을 딱히 운명이라 부를 수도, 삶이라 부를 수도, 혹은 영원이나 미지라 부를 수도 없는 어떤 것과 맞닥뜨리게 한다. 무엇인지 모르는 채 우리가 불가항력이 되는 장면들 말이다.

이미지는 부식되지 않는다. 이미지는 시간 밖으로 튀어나온 것[15] 이기에 늙거나 쇠락하지 않는다. 시간을 갖지 않으므로 역설적으로 사라지지도 않는다. 오히려 칼날처럼 번뜩인다. 이미지는 파편과도 같이 부유하지만 영원한 것이다. 언니나 어머니의 모습은 무엇에도, 어떤 의미에도 통합되지 않으면서 시간의 회로를 벗어나 언제나 그 자체로 현재화한다. 앞서의 털신들처럼 즉물적 절대성을 지니고 말이다. 이것은 매우 중요한데, 왜냐하면 사건은 어떠한 경로를 통하든 결국 처리되지만 이미지는 해결되지 않기 때문이다. 이미지가 지배한다.

이미지는 면이나 선의 의미 구조로 정립되지 않는 점들과 같다. 『내 귓속의 장대나무 숲』에는 이러한 점들이 빼곡히 존재한다. "까마중"을 같이 따먹던 "그 자식을 놓치고 담장 밑"에서 "장앙해앵여 열차아……" 기차 소리를 듣는 장면(「기찻길 옆」), "유리창이 하얗게 얼어" 있는 추운 겨울에 아버지가 돌아가셨다는 소식을 듣고 "맨발로 울며 오는" 어린 어머니(「유리창」)와 같은 장면들을 많이 찾아볼 수 있다. 이 장면들은 부서지지 않는 이미지요, 차라리 정점들이다. 이 점들은 역사가 아니다. 역사를 지우고 시간을 제거한, 절대적이며 강렬한 현존이다.

---

15) 최현식은 "시간의 주름"이라는 말을 쓰고 있고, 이광호는 "무시간성의 공간"이라고 지칭하고 있다(최현식, 앞의 글, 126쪽; 이광호, 앞의 글, 115쪽).

3. 개인의 미지화

시간이 순간으로, 사건이 이미지로 돌출되는 최정례 시의 낯선 화법은 주체의 상황에서 더욱 뚜렷해진다. 따라서 "삶의 시공간을 어리둥절하게 하는 일상의 기이한 해프닝" "돌연한 의문" "현실 그 내부로 벌려진 불가해한 간극"이라는 말과 함께, "시적 주체의 정체(성)에 대한 의구심"[16]으로 논의가 귀결되는 것은 설득력이 있다. 모든 것은 결국 주체의 문제가 된다.

주체가 정체성에 대해서 의문을 가진다는 것은 정체성을 확인할 수 없다는 말일 것이다. 그것은 정체성을 가능하게 하는 자신에 대한 이해, 나아가 자신의 현존이 배태되고 있는 세계의 구조, 통일성에 대한 인식이 불가하기 때문이다. 최정례 시의 주체는 자신과 세계에 대한 이해에서 멀어져 있는 뚜렷하게 고립된 주체이다. 그는 역사, 시간, 사건과 같은 맥락이 지워진 가운데 순간, 이미지, 조각들로 언뜻언뜻 출현하는 주체이다. 이러한 파편들을 가지고는 주체는 자신을 인지할 수 없다. 의구심이 그의 몫일 뿐이다.

이 의구심을 의아함이라고도 표현할 수 있을 것 같다. 의구심이든 의아함이든, 최정례 시의 주체는 전체에서 떨어져나온, 모르는 주체이다. 요컨대 그의 시는 뚜렷하게 1990년대의 징후가 될, 모르는 개인의 출현이라고 할 수 있다. 주체는 사태를 모른다. 시장에서 만난 털신과 어릴 적에 아버지가 떠나면서 건네준 털신이라는

16) 함돈균, 앞의 글, 131~136쪽.

것이 무엇인지 모른다. 붕어들처럼 눈 뜨고 입 벌리고 죽은 언니가 무엇인지, 머리에 인 자루 내려놓고 떡 한 점 떼어먹는 어머니가 무엇인지, 그때 떼어먹은 떡은 또 무엇인지 주체는 모른다. 울면서 달리는 어린 어머니와 따라가겠다고 악을 쓰고 우는 어린 '나'가 무엇인지 주체는 모르는 것이다. 이 모든 점들을 의아하게 대면하고 있을 따름이다.

모르는 개인은 세계에 대한 의문과 자신에 대한 의혹에 휩싸인 채 그 스스로 미지가 되어간다. 개인이 철저히 미지화되는 미로에서 최정례 시는 최초에 발원한다. 그의 시는 이 수수께끼에서 탄생한다. 주체는 해명되지 않는다. 단지 점들로서 단절, 분리되어 있을 뿐이다. 이 조건하에서는 주체는 언제까지나 순간적인 것이며 떠도는 미지들에 불과하다. 그렇게 많은 사물들, 순간들과 더불어 주체 역시 알 수 없는 지점인 것이다.

> 버스가 거기 섰기 때문에 노점의 푸른 사과가 내게로 왔다
> 여름도 다 가고 한물간 수박 곁에서 그의 얼굴은 빛나고 있었다
> 내가 보았기 때문에 푸른 사과는 한층 푸르고
> 배꼽 부분은 부드럽게 패인 채 나를 향하고 있었다
> 버스가 떠나자 푸른 사과는 사각 유리창 밖으로 튀어나갔다
> 버스가 달리는 동안 내내 나는 아직 눈에 푸른 사과를 담고 있었다
> 푸른 사과는 내가 저를 생각하는 줄도 모르고 아직 그 정거장 좌판 위에 서 있을 것이다
> 한없이 기다리다 지쳤기 때문에 푸른 사과는 검은 비닐봉지에

담겨 누군가의 손에 매달려 갈 것이다
참 이상하고 짧은 불꽃이
한 달간 밥을 먹지 못한 이 여름이
언제 올지 모르고 가고 있었다
푸른 배꼽 속으로 뛰어들어가 다시는 나오고 싶지 않았다
내려서 푸른 사과에게 갈 수가 없었다
이상한 버스는 어디로 가는 것인지 왜 이렇게 돌아다니는지
푸른 사과에게 전할 수가 없었다

—「푸른 사과」 전문

「푸른 사과」는 최정례 시의 이러한 미학이 압축적으로 표현된 시이다. 버스는 알 수 없는 점이며, 버스에서 바라본 사과 역시 알 수 없는 점이다. 주체가 담겨 있는 버스, "푸른 배꼽 속으로 뛰어들어가 다시는 나오고 싶지 않"은 사과, "참 이상하고 짧은 불꽃" 모두가 알 수 없는 지점들이다. "이상한 버스는 어디로 가는 것인지 왜 이렇게 돌아다니는지" 주체는 알 수 없다. 밖에 푸른 사과가 있는데, 왜 내내 버스를 타고 돌아다녀야 하는 것일까. "내려서 푸른 사과에게 갈 수가 없"고 "푸른 사과에게 전할 수가 없"는 불꽃은 무엇일까.

이 알 수 없는 불꽃은 최정례 시의 주체가 갖는 의아함과 관련이 있다. 주체가 알아낼 수 없는 순간들, 이미지들, 떠도는 점들은 모두 불꽃이다. 인간 주체는 언제나 이 앞에 서 있다. 불꽃이 무엇인지 모르는 채 불꽃과 함께, 그 스스로도 불꽃으로 존재하는 것이다.

붉은 하늘은 별로 내게 마음이 없다
새들이 시끄럽게 저녁 둥지에 깃들고
그들도 내게는 마음이 없다
누군가 지금 나를 오라고 한다면,
마음을 준다면?
나는 그에게 갈까?

뜨거운 마음의 끝은 차가워
나는 그냥 간다

—「서천으로 3」 부분

참으로 이상한 느낌의 시인데, 하지만 최정례적인 시라고 할 수 있을 것 같다. 이 목소리가 좀 냉담하게 느껴진다면 그것은 아마도 무관심에서 비롯할 것이다. "붉은 하늘"이나 "새들" 의 무관심, "뜨거운 마음의 끝은 차가워"지는 무관심 말이다. 의구심의 한편에 이토록 명료한 무관심이 있다. 시인은 이를 "마음이 없다"라고 명석하게 표현한다. "마음이 없다"는 것, 말 그대로 무심함이다. 그러면 왜 마음이 없는 것인가.

여기서 교섭이라기보다는 전유에 해당될 1980년대적 통상의 마음을 떠올려본다면, 즉 마음이 통상적으로 뜨겁게 달구어져야 했던 그 시대와 비교해본다면, 차가운 마음이라는 것은 분리에 다름 아니라는 것을 바로 알 수 있다. 그것은 연관의 열도에 대한 시인

특유의 돌파이다. 연관이라는 질서, 구조, 도형의 세계를 돌파하여 개체, 개별, 점으로의 이행을 하는 것이다. 그리고 이와 같은 맥락에서 본다면 의구심과 냉담함은 같은 쪽에 선다. 주체의 미지화의 증표 쪽에 서는 것이다.

순간이나 이미지와 같은 최정례 시의 미지의 점들은 추상을 붕괴시킨다. 점들로 무엇인가를, 점들 위에 어떤 구조물을 건립시킬 수 없는 것이다. 점들은 역할을 거부하고 항상 그 자체로 존재하기를 원한다. 어떤 건축도 짓지 않고자 한다. 마음이라는 것은 아마도 건축에 담겨지는 울림일 것이다. 건축을 거부하면, 건축에 담겨질 마음도 불가하다. 추상화에 대한 경계심이 이토록 확고한 것은 1980년대와의 싸움을 치르는 매우 선명한 방식이다. 그의 점들은 1990년대가 1980년대의 지배적인 선이 되지 않도록 흩어져 있다. 하지만 그의 시를 들여다보고 있으면, 이렇게 그 자체로만 존재하는 점들이 매번 눈부신 공습을 하는 듯이 보인다. 어떠한 형상도 지으려 하지 않는 그의 무심한 콜라주가 우리를 사로잡는 이유이다.

자동 육체, 모든 치욕의 패권이라는 핍쇼

—김언희의 『트렁크』(세계사, 1995)

출간 당시 충격을 주면서 호/불호의 팽팽한 논란을 불러일으키는, 수상한 DNA를 가지고 나타나는 시집들이 있다. 대개 이러한 DNA는 한참이 지나도 자연스레 해명되지는 않는다. 시간을 격해도 불온성이 그대로 남아 있게 마련이며, 시간이 지나면 오히려 그 문제적 출현이 더 선명해지는 경향이 있다. 이 DNA가 어디서 어떻게 왔는지 설명하기는 쉽지 않은데 시집 자체가 우리에게 완성된 형태로 던져지기 때문이다. 도대체 난데없이 이 세계에 쳐들어온 것 같은 느낌을 주는 것이다. 이러한 시집들은 동시대에 포자를 거느리지 않는다. 그야말로 독자적인 존재라고 할 수 있다.

김언희의 『트렁크』는 1990년대에 나온 가장 이상한 시집 중의 하나다. 1990년대의 성격이 무르익기 전에 튀어나온 이 시집은 1990년대에 힘입었다기보다, 1990년대를 통째로 장전하는 효과를 가져왔다. 『트렁크』로 말미암아 1990년대는 이전 시대의 단순한 부정이 아니게 되었으며, 육체나 욕망을 전격 발사하는 시대가 된 것이다. 이 말은 물론 시집이 그때나 지금이나 온전히 이해되었다는 뜻은 아니다. 20년이 지나도록 시집 특유의 불경한 언술은 여태 불경한 채로 남아 있다. 불경하다는 것은 무슨 뜻일까. 그것은 특별하게도, 어떠한 시대가 되었든 가지게 마련인 시대적 상투성에 합류하지 않고 이를 조롱한다는 의미일 것이다. 포섭되지 않는 DNA라고나 할까. 한마디로 김언희 시는 그때나 지금이나 받아들여지지 않았다고 할 수 있다. 오직 그 존재의 충격만으로 세월을 건너온 것이다.

『트렁크』는 얼핏 보면 과격하지만 세련된 호흡과 발성법을 가지고 있다. 정밀한 언어의 활강과 더불어 상식적인 기대 지평으로는 접근하기 어려운 독특한 징후적 풍경을 담고 있는데, 이 징후는 단지 성과 종말론적 욕망으로 요약될 수 있는 것이 아니다. 욕망이라기보다는 욕망의 자본화된 오브제만 남은 듯한, 그로테스크하면서도 극단적 즉물론으로 비치기도 하는 풍경이 주류를 이룬다. 이것은 지나치게 거리낌이 없어 외려 낯설며 불편한 느낌을 준다. 우리는 욕망을 욕망의 주체와 대상이라는 베일을 통해 표현하는 것이 익숙하기에, 이 베일이 한꺼번에 벗겨져버린 그의 시에 당황하게 되는 것이다. 베일 없이 스스로 작동하는 욕망의 자동 기계 같은 김언희 시의 오브제에 선뜻 다가서지 못하고 말이다.

이 글은 『트렁크』에 나타난 날것 그대로의 오브제적 특성을 세밀히 살펴보려 한다. 오브제로서의 육체와 육체성이 전면화되는 방식에 대해서, 이데올로기가 사라진 육체의 작동과 현시가 제기하는 문제에 대해서 짚어볼 것이다. 『트렁크』라는 강렬한 제목만큼이나 대담하게 형성된 이 풍경이 1990년대의 가장 날카로운 기습으로 생각될 수 있는 연유들을 함께 검토할 수 있을 것이다.

1. 자동 육체

시에서 육체가 눈에 띄게 주요한 테마가 된 것은 현대시, 특히 몸시로 지칭되는 시들에서다. 이성이나 관념의 비만에 대한 반성의 기운이 일어나면서, 형이상학에서 차츰 지상으로 내려오게 되는 시의 프로세스가 현대시의 역정에 다름아니라고 한다면, 정신에 대비되는 육체에의 관심은 필연적인 것이라 할 수 있다. 땅에 닿아 있는 육체는 지상성의 지표와 같은 것이기 때문이다. 육체는 정신 이전에 실제적인 사물로서의 본질을 지니고 있는 것이고 그런 점에서 주체의 관념론을 벗어날 수 있는 계기가 된다. 현대의 육체의 시학은 그런 점에서 정신이나 관념을 우선시했던 전통적인 시의 맥락을 돌려놓는 기제가 되었다고 할 수 있다.

하지만 한편으로 이것은 지나치게 소박한 시각에 지나지 않을 수 있다. 이른바 몸시들이 반형이상학에의 기여라는 특성에도 불구하고 그 근간에서 다시 다양한 방식으로 정신의 지대를 향하지는 않는지 살펴볼 필요가 있기 때문이다. 다시 말하면 실질로서의 육체가 다시 내면적 세계로 인도되는 기제가 되는 것은 아닌지 하는 것이다. 예컨대 몸이 몸을 넘어서 내면적 정서의 확장, 자아의 발견이나 실존 의식의 제기, 그리고 몸을 통한 깨달음이나 성찰을 의도하고 결과하기도 한다. 이것은 크게 보아 1980년대적 특성, 즉 반성과 투쟁으로서의 계기적인 육체와 궤를 같이하는 점이 있다. 양자 공히 몸이 일정한 도구적 역할을 하는 까닭이다. 따라서 유감스럽게도 이러한 몸시는 자기 구원이나 확신과 같은 주체 연관적 영역에 다시 포섭되고 만다. 육체나 몸을 제시한다고 해서 모두 반형이상학은 아니다. 그것을 어떻게 제시하는가가 중요한 것이다.

1990년대에 들어와서 도전이 시작되었다. 주체와 거리를 가진 관찰의 대상으로서의 사물에서 출발한 김기택의 시는 사물에게서 눈을 들어올리지 않고 사물의 육체성 바로 그것을 발견한 육체의 시학이었다. 김기택의 육체의 시학을 공유하고 있는 김언희의 시는 그러나 1980년대적인 자기 구원은 말할 것도 없고 1990년대 김기택의 지성적 프레임과도 다른 길을 걸었다고 할 수 있다. 김언희의 육체는 정신적 자기 구원의 담보물도, 관찰과 발견의 대상도 아니었으며, 또한 어떠한 식으로든지 육체의 주인으로 그림자를 드리우고 마는 정신의 존재가 철저히 불허된 육체였다. 정신의 접근 자체가 잡히지 않는 육체 말이다. 이를 굳이 한마디로 말하자면 스스로의 육체, 자생적 육체라 할 수 있다. 정신에 속하지도 의지하지도 않는 그 자체, 자동 육체다.

한다
한시간이고
두시간이고한다

물을먹어가며한다
하품을해가며꾸벅구벅
졸아가며한다
한다깜빡
깜빡굴러떨어질뻔하면서그는
그가왜하는지
모른다무엇
과,하고있는지도

—「한다」 부분

여기 한 사물이, 한 육체가 있다. 그런데 이것은 난데없이 나타난 자동적 존재로 보인다. 그는 오로지 "한다". 무턱대고 예외 없이 "한다". 그란 무엇인가. 무엇이길래 무엇을, "왜하는지모르"면서 하고 있을까. 만약 "한다"에 '무엇'과 '왜'가 또렷이 결합한다면 그것은 정신의 개입일 것이다. 정신은 '무엇'과 '왜'를 가지고 다투고 명명하는 것으로 육체를 지배하는 까닭이다. 하지만 시 「한다」는 주체도 대상도 알 수 없으며, 주체와 대상이 없다. "물을먹어가며" "하품을해가며" '무엇'을 '무엇과' 하는지 모르는 정체불명의 육체가 있을 뿐이다. 육체뿐인 육체는 기계와 같다. 육체의 작동만으로 성립하는 육체는 오로지 기계뿐인 기계로서의 육체다. 이 기계는 무엇을 하는지 알 수 없는 채 작동하는 순수한 욕망체다. 사실 기계는 이러한 조건하에서라야 기계로 성립 가능할 것이다. 무언지 모르고 끝도 없이 작동하는 것, 오직 작동을 추구하는 육체로서 말이다.

주체와 정신이 없는 기계로서의 육체, 대상이 없는 자기 동력적 육체, 따라서 자동적인 소비와 쾌락뿐인 육체가 「한다」의 육체다. 그것은 반성의 시스템을 작동시키지 않는, 애초에 반성과 무관한 즉물성 육체다. 육체는 스스로 동인이 될 뿐, 그 무엇에 자신을 걸치지 않는다.

지평선
호텔

꽉대기층
마지막 방
낡아빠진 침대 스프링이
저 혼자 삐걱이며 자위를 하고

—「HOTEL ON HORIZON」 부분

코스모스 꽃잎 하나 당겨본다 (중략) 질겨빠진
고무줄의 음순이, 당기는 만큼
늘어났다가

오무라들지
않는다

—「비디오 가을」 부분

"낡아빠진 침대 스프링"은 일종의 인공물이요, "코스모스 꽃잎"은 자연물이다. 하지만 김언희의 시에서는 인공물이나 자연물이 서로 상이한 위계에 위치하지 않는다. 인간과 구별되는 것도 아니다. 이것들은 이분법적이거나 대립물로 세계를 구성하는 항들이 아니며, 따라서 지배하는 주체나 지배되는 대상으로 한쪽에 서지 않는다. 그저 어떤 작용으로, 동일한 기계로 성립되는 것이다. 인공물이나 자연물, 인간은 공히 실제적이라는 점에서, 실제적인 세계의 작동이라는 공통점을 갖는다. 또한 생명적이라기보다는 단순히 생산적이라는 점에서 마찬가지로 동등하다. 이 단순한 생산성이 주로 성적인 모티브로 재생된다. 요컨대 기계의 자동성은 기계적 순환성을, 그리고 순환성은 자기 성애를 발생시키는 것이다.

『트렁크』의 여기저기에 이러한 육체들이 있다. 기계와 다를 바 없는, 자기 순환적 육체들이 특별한 의미 없이 자기애를 작동시키는 과정 속에 들어 있다. "지하식품부/ 활짝 핀 살코기 정원에서/ 고기가 낳은/ 고기 (중략)// 날 때부터 고기/ 였어요"(「태어나보니」)나 "자웅동체/ 암수 한 몸/ 지척지간/ 한배 새끼/ 나는 나와/ 생피 붙는다"(「백합, 백합, 백합」) "몸체를 격렬히 떨며/ 회전 수축하는/ 기계질"(「탈수중」) 같은 구절들이 시집 전체에 흩뿌려져 있다. "고기가 낳은/ 고기" "나는 나와/ 생피 붙는다" "회전 수축하는/ 기계질"과 같은 격렬한 자기 성애는 성의 맹목성에의 발원과 귀착으로 이루어져 있다. 성은 눈이 없기에 도착적이고, 도착적 육체는 언제나 다시 육체가 되어가는 중이다. 육체의 자동적 전개다.

김언희 시에서 이 도저한 무차별적 육체는 인간, 자연, 무생물을 막론하고 성립되는 기계체라는 점에서 1990년대의 독보적 행보라 할 수 있다. 이제 자연은 그의 시에 이르러 더이상 인간에게 위안을 주는 피안적 피조물이 아닌 게 확연해졌다. 자연이나 무생물에게 덮어씌웠던 가상의 치외법권이 사라진 것이다. 대신 그들은 주체의 관념의 투사로서가 아니라 스스로의 육체로 작동하는 시스템일 수 있음을 증언하고 있다. 요컨대 1990년대가 세계와 거리를 갖는 주체의 금욕의 시대였다고 한다면 김언희 시는 주체의 금욕이 아니라 기계로서의 육체가 주체가 되는 시라고 할 수 있다. 정신에의 거리낌이 없는 자가적 육체 말이다. 이제 육체의 자동 생산과 소비가 전면화되었다는 점에서 1990년대는 근본적으로 다른 행보를 내딛게 된 것이다.

2. 육체의 소굴 육체의 파시즘

아이러니와 반성이 들어 있지 않은 김언희 시의 자동 생산적 육체는 무정향적이기에 외설스러워 보인다. 이성적 심미안으로 판단하기에는 기이할 수도 있다. 이것은 그의 시가 오이디푸스 콤플렉스나 가족이라는 인식의 울타리와 대결하고 있음을 시사한다. 이 인식의 틀 안에서는 성이 적절한 흉터와 자세로 파악된다. 조롱과 환멸조차 타당한 근거를 갖는다. 김언희 시의 육체가 불편한 것은 육체가 바로 이 울타리를 벗어나 있기 때문이다. 벗어나서, 인식의 룰에 따르는 쾌적함을 포기했기 때문이다.

『트렁크』의 육체는 어디로부터 연원하는 것이 아니다. 무엇에 근거해 존재하는 것이 아니다. "모든 애비는/ 의붓애비"(「아버지, 아버지」)라 설토하는 것에서 알 수 있듯이, 육체는 아버지를 갖지 않는다. 아버지는 허구다. 모순의 근원이 되는 지점인 아버지는 없다. 육체는 질서의 응축이 아니며 흘러가버리는 무질서의 일시적 장면이다. 무질서에서 또다른 무질서로의 거듭되는 환산일 뿐이다. "해면체 아버지"(「HOTEL ON HORIZON」)라는 것은 육체의 아버지란 단지 육체이며, 육체의 되풀이라는 것을 암시한다. 이 과정은 멈추지 않고 지속된다. 육체의 반복만 있을 뿐 아버지는 없는 것이다. 육체의 동인은 단지 육체다. 여기저기에서, 도처에서, 무차별하게 자생적인 성으로서의 육체 말이다.

그 여자, 입 없는
그 여자, 이빨도 혓바닥도 없는
그 여자, 혀를 주면 혀를 삼키는 삼키고 삼키고 삼켜서 두루마리 혓바닥으로 감겨 있는
그 여자, 살균 표백된
그 여자, 희고 부드러운
그 여자, 하늘하늘 풀려내리는
그 여자,

—「모나리자 화장지」 부분

제탁 위
촛대에 꽂힌 채
쾌락의 비지땀을 흘리며
녹아내리고 있는
희디흰
양초들

—「성당」 부분

"모나리자 화장지"와 "양초"란 무엇인가. 이들의 적요한 단말마의 쾌락은 무엇인가? 이 향유의 다선율에는 빗장이 없다. 마치 '기관 없는 신체'를 연상시키는 화장지와 양초는 이성적인 구획과 분리를 넘어서 존재하는 물질로 보인다. "입 없는" "이빨도 혓바닥도 없는" 화장지는 구별로의 진입을 마다하고 "하늘하늘 풀려내리는" 끝없는 육체로만 존재한다. 육체에서 육체로의 전이다. 육체는 육체로 무한할 것이다. "쾌락의 비지땀을 흘리며" "녹아내리고 있는" 양초들도 마찬가지다. 육체는 이성적 기능을 무력화시키는 "쾌락의 비지땀"의 소굴이다. 뒤죽박죽되어 "녹아내리고 있는" 양초는 육체의 소굴이 되어 육체를 파괴하며 거듭 육체로 태어난다. 이것은 과연 육체로의 욕망이다. 육체의 파시즘이다. 이것은 진정한, 자전적 육체다.

김언희 시의 육체가 한 덩어리로 보이는 것은 이런 연유에서다. 그것은 정신의 획책으로부터 벗어나 있기에, 반성 없이 자본주의와 한몸이 된 것 같고, 스스럼없이 성에 합류한 것 같고, 스스로 자신의 육체를 충분히 뒤집어쓰고 있는 것 같다. 그것은 육체 위로 이성적인 고개를 쳐들지 않는다. 모든 것을 빨아들이는, 구제할 수 없는, 타락한 육체다. 육체는 거리낌 없이 오직 육체로 구겨진다. 이것은 육체에서 단지 육체로의 놀이일 뿐이다.

토막쳐지면서
똥구멍으로 까뒤집히면서
땡볕에
오장육부가 꾸덜꾸덜 말라가면서
피맛을 아는 나는
살에도 붙고
넋에도 붙는
찰거머리
나는

—「피맛을 아는」 전문

소화되어지면서
흡수되어지면서
찌꺼기만 남아
똥이 되어가면서
냄새를 풍겨대면서
점점 땐땐해져가면서
항문으로 밀려가는

코를 찌르는

구절양장, 이

분뇨의 길

—「입속의 길」 부분

육체의 놀이, 육체로만 흘러가는 육체의 길은 무엇일까. 그것은 "토막쳐지면서" "까뒤집히면서" "꾸덜꾸덜 말라가면서" "소화되어지면서" "흡수되어지면서" "똥이 되어가면서" "냄새를 풍겨대면서" "구절양장"이 되어가는, "분뇨의 길"에 다름아니다. 육체는 분뇨다. 소화되고 흡수되어 형체를 잃는 과정이다. 형체를 잃어야 육체다. 육체의 파괴와 육체로의 진입은 같은 것이다. 육체는 오로지 육체로 흘러간다. 육체로만 "하늘하늘 풀려내리는" "녹아내리고 있는" 중인 것이다.

3. 전시용 육체

김언희 시의 육체는 관찰의 결과가 아니다. 관찰은 관찰 주체와 관찰 대상의 적절한 거리 조준의 산물이다. 주체의 개입과 주체의 금지 사이에 긴장이 스며 있는 것이다. 긴장은 일면 정신이요, 내면이다. 『트렁크』의 육체는 이 긴장의 화법으로 구성되어 있지 않다. 그것은 관찰이 아니라 차라리 전시에 가깝다. 전시는 관찰과 같은 시선의 가리개를 가지고 있지 않다. 전시된 육체는 전면적으로 노출되어 있다는 점에서 일종의 오브제라 할 수 있다. 오브제는 전시를 위해 무대에 불려나온 것이다. 그것은 무대 위에서 향유와 쾌락의 독자적 성격을 지닌다. 오직 자신에게만 몰두해 있는 것이다. 그런 점에서 오브제는 대상이기보다는 차라리 주체라 할 수 있다.

김언희의 『트렁크』는 이러한 현대적 오브제의 전시실이다. 육체는 가치를 보균하고 있어 관조되는 것이 아니라 극적 설치의 오브제로 관람된다. 관조나 관찰이 아닌 관람은 김언희 시를 매우 색다르게 체험하게 만든다. 관람은 정신적인 태도를 배격하는 것이며 이의를 제기하지 않는 것이다. 어떠한 능욕도 미학적 동기라기보다는 메타적 조롱의 무대 위에 비치된다. 한마디로 그의 육체들은 관람되기 위해 각 전시실마다 비치되어 있는 오브제들의 자동작동 장치라 할 수 있다. 그의 시는 말하고 있는 듯하다. 지금 이렇게 이런 모습으로 육체는 보여지고 있다. 보여지는 치욕으로 놓여있다. 자 그러니 보라, 육체는 마치 모든 치욕의 패권을 성립시키는 핍쇼의 장은 아닌가.

이 가죽 트렁크

이렇게 질겨빠진, 이렇게 팅팅 불은, 이렇게 무거운

지퍼를 열면
몸뚱아리 전체가 아가리가 되어 벌어지는

—「트렁크」 부분

여기서 「트렁크」가 사물성을 보여주고 있다고 적절하게 말하는 것만으로는 충분치 않아 보인다. 트렁크의 사물성이라 하면 트렁크의 물질적 속성, 형체와 질감, 부피감 등을 말할 것이다. 인간이 보는 사물의 속성 말이다. 그런데 여기에 나타난 트렁크는 인간이 본 것이라기보다는 인간과 다를 바 없는 심연으로 존재한다. 트렁크는 그 자체가 육체다. 육체로서 지금 "몸뚱아리 전체가 아가리가 되어" 마치 그 무엇이라도 집어삼킬 듯이 "벌어지는" 중이다. 트렁크가 "아가리가 되어 벌어지는" 것은 트렁크가 독립적으로 작동되는 오브제임을 암시한다. 오브제는 트렁크의 '괴물성'을 추인한다.

생각해보면 전시되어 있는 것들은 모두 엽기적인 면을 가지고 있다. 전시된 육체는 본래의 지리적 연관에서 분리되어 나온 것이기 때문이다. 난데없이 튀어나와 있기에, 이것 자체가 엽기적인 것이다. 당연하게도 의미의 맥락은 파괴되어 있다. 이상한 이야기지만 엽기적인 육체는 스스로 충족되어 있다고 할 수 있다. 그것은 이제 판단과 질서의 대리물이 아니다. 스스로 극단적이며, 스스로 외설적이며, 파탄의 모습을 하고 있다. 그리하여 여기, "이토록 질겨빠진, 이렇게 팅팅 불은" 트렁크가 있는 것이다. 트렁크는 충분한 구경거리다.

입에서 항문으로
당신의 음경에

꼬치 꿰인 채
뜨거운 전기 오븐 속을
빙글빙글빙글
영겁회귀
돌고 돌게요 간도
쓸개도 없이

—「늙은 창녀의 노래 2 」 부분

활씬 벗었어
배때기꺼정 열어젖혀 놓았어
닭전 골목 평상 위
관능의 닭살 오소소 돋아오른
갓 마흔 나의 누드
헤벌어진 배때기 속에
마늘 대신 쑥 대신 당신
당신을 집어넣고
통째 우겨넣고
끓는 기름의 고요
속으로 투신하고 싶어

—「늙은 창녀의 노래 1」 부분

두 시 모두 전기 오븐이나 기름통 속에서 구워지고 끓여지는 닭을 보여주고 있다. 닭의 육체다. 닭을 빌린 육체다. 이토록 분탕하는, 적나라한 육체의 전시는 김언희 시에서 과도한 것이 아니다. 육체는 멈출 수 없는, 그 자체 불가피한 시위다. 소멸할 때까지 시위를 계속해야 한다. 육체는 정신이 거스를 수 없는 것이고, 덮어쓸 수 없는 것이고, 매 순간 극한이다. 육체를 전시한다는 것은 그 극한을 전개하는 것이다. 김언희 시는 전시와 관람으로 성립하는 육체의 순간들을 채록한 것이다. 마치 설치나 행위 예술 같은 시각적 오브제라고 할 수 있다.

해부용이었니…… 나
는?

(마취 풀린 개구리 한 마리가 내장을 질질 끌며 달아나고 있는 테이블 위)

이렇게, 절개되기로 되어 있었니?

오장육부까지
꺼내 보여야만 했어?

—「……?」 부분

해부용 개구리가 해부대(무대) 위에 있다. 이 역시 전시용 육체성을 잘 보여주고 있다. "개구리 한 마리가 내장을 질질 끌며 달아나고 있는" 장면은 단지 순수하고 리얼한 관찰이라기보다는 효과적인 육체의 전시라 할 수 있다. 앞서의 '트렁크'와 같은 것이다. 사실 '트렁크'는 수많은 트렁크가 개구리로, 개구리가 트렁크로 출몰하는 무대가 아닌가.

이렇게 기본적으로 그의 시는 미학적이라기보다는 선동적이다. 육체에서 오직 육체를 기록하는 까닭이다. 이것을 과잉이라면 과잉이라고 할 수도 있다. 육체가 넘쳐나는 것이다. 그는 이것을 다른 무엇과 타협할 수 없다. 육체의 절벽까지 몰아감으로써 육체가 과장과 극화로 구성되고 있음을 바라본다.

물론 이 그로테스크한 과잉이 소중하기만 한 것임을 지적해야 한다. 이것이야말로 1990년대와 이후 예술의 새로운 지표라 할 수 있기 때문이다. 『트렁크』로 말미암아 과잉은 상징이나 암시와 같은 문학성, 예술성에의 의문 제기에 그치는 것이 아니라 대상에 대한 기성의 미학적 은닉 자체를 폭발시켜버리고 대상 자체를 내세우는 동력으로 자리할 수 있었다. 육체의 과잉을 통해 비로소 이데올로기와 역사의 정신적 예인선을 붕괴시키는 새로운 세기의 시들이 본격적으로 촉발되었던 것이다.

피의 카니발, 빛의 언어

—진이정의 『거꾸로 선 꿈을 위하여』(세계사, 1994)

무엇보다 언어로 되어 있기에 시도 일종의 말하기임은 틀림없는 일이다. 시도 화법인 것이다. 여기서 화법이라 하는 것은 이른바 규칙 안에서의 말하기를 뜻한다. 하지만 때로 시의 화법 운운할 경우, 시에는 일반적 말하기와는 다른 독특한 화법이 있다고 생각하게 된다. 시를 쓴다는 것은 이 특별한 화술을 구사하는 일로 여겨진다. 따라서 시적 수사나 기교를 거느리고 어떻게 하면 더 세련되고 정치한 기술을 통해 복잡한 내용을 효과적으로 전달하느냐에 주력하게 되는 것이다. 사실 이러한 과정을 통해 한 편의 시가 탄생되는 것으로 보인다. 이로써 시는 특별한 장인의 세공이 된다.

한편 시가 고도로 발전된 정교한 말하기라는 것에 선뜻 수긍하면서도, 이와는 전혀 다른 양상이 떠오르기도 한다. 이를테면 세련된 화법의 범주로 이야기하기에는 불편한 말, 그보다 더 크거나 작기에, 아니 크기의 문제가 아니라 이내 빠져나가버려 포괄할 수 없는, 익숙한 채널에 잡히지 않는 말로서의 시 말이다. 그것은 지금까지의 패턴에 비추어보건대 불가능이나 새로운 가능성으로서의 말이라 할 수 있다. 시는 이러한 정체 모를 말의 자리이기도 한 것이다. 분명 새로운 말의 탄생이나 기원이 시 속에는 들어 있다. 그래서 시의 언어는 일면 어떠한 언어보다 정밀한 표상으로 보이면서도, 다른 한편 무어라 형용하기 어려운 낯선 말의 침입으로도 보인다.

시의 언어에서 후자의 측면, 불가능하고 낯선 말이 갖는 측면을 조금만 더 세분화해서 살펴볼 필요가 있다. 우선은 일시적으로 밀려든 말들을 생각해볼 수 있다. 즉 세계의 힘, 보다 단순하게 말하면 억압과 같은 것들이 일시 소멸하거나 이동해버렸을 때, 이 힘이 사라진 진공 상태를 메우기 위해 몰려든 말들이다. 갑자기 출몰해서, 억압 등등이 사라진 공간을 차지하는 새로운 담론이 여기에 속한다. 1970~80년대의 정치적인 강압이 지배적이었을 때 눌려 있다가, 이것을 밀어내고 쏟아져나온 1990년대의 개인적이고 내면적인 언어들을 예로 들 수 있다. 이 언어들은 처음에 분명 낯설었을 것이다. 이전의 화법에 잘 들어맞지 않는 새로운 출현이었던 까닭이다.

둘째로 그렇게 새롭게 밀려들거나 갑작스럽게 대두한 말이 아니라 애초에 상징계의 질서에서 벗어나 있는 말이 있다. 상징계의 포장에 갇히지 않는 말의 경우이다. 상징계가 언어 세계라는 것을 감안해보았을 때 언어가 언어에 속하지 않는다는 모순이 여기에는 있다. 이러한 종류의 낯선 언어는 언어적 문법을 일탈해 있을 뿐 아니라 스스로 화법이 되기를 포기한 말이다. 분명 지시와 표상을 벗어나 있을 것이며, 구조적으로 불협할 것이고, 말로써 말을 넘어서거나 거스르려는 운동중에 있을 것이다. 소위 해체시나 실험시들이 여기에 속한다.

그리고 위의 두 경우 외에도 일정한 화법으로서의 언어의 틀을 벗어난 말이 있을 수 있다. 담을 수 없이 계속 쏟아지는 말, 머물거나 갇히지 않는 말, 한마디로 말해 풀려난 말이다. 이는 구체적으로 어떤 경우일까. 진이정의 『거꾸로 선 꿈을 위하여』는 바로 이 세번째 경우다.

1. 풀려난 말, 공중에서 바구니 터뜨리기

1970~80년대를 지나 1990년대에 이르렀을 때 우리 시에서 우선 무엇을 말할 것인가에 대변화가 일어난 것은 아무리 강조해도 지나치지 않다. 주지하다시피 전시대는 정치적 폭압으로 인해 눌린 말이 많았기에, 1990년대는 이제껏 하지 못했던 말을 세우는 것이 중요한 시기였다. 그것은 개인적인 말, 작은 말이었고, 1990년대는 비로소 사회적으로 중요하지 않은 말을 할 수 있는 시대가 된 것이다. 더불어 말의 내용 못지않게 실질적으로는 말하는 방식의 변화가 긴요한 시점이었다. 화법의 근본적인 변화가 시대적 요청이었던 것이다.

1990년대에 출간된 많은 시집들 중에서 진이정의 『거꾸로 선 꿈을 위하여』는 이 점에서 각별하다고 할 수 있다. 눌려 있던 것, 이

전에 숨겨져 있던 것들이 이 시대에 봇물처럼 쏟아지기 시작했을 때, 물론 그도 이러한 1990년대의 분위기 속에 있었다. 하지만 유고 시집이 되어버린 『거꾸로 선 꿈을 위하여』의 의미는 주머니 속에 숨어 있던 말들을 꺼낸 것이라기보다는 말의 패턴의 변화, 혹은 실종에서 찾아야 한다. 즉 말하기의 익숙한 방식이 사라진 것이다. 무슨 뜻일까.

기본적으로 진이정 시에서 가장 두드러지는 것은 특정한 퍼소나로 구성되지 않는 발성법이다. 유형화된 음성이 소멸한 것이다. 시를 읽는다는 것이 어떤 음성의 인도하에 이미지를 보는 것에 다름 아닐진대, 진이정 시에는 이 인도하는 음성이 없다. 그의 시에서 구문마다 달라지는 음성과 어조의 변화는 시가 일정한 의미 회로를 형성하는 것을 방해한다. 음성은 단성적으로 전개되는 것이 아니라 끝없이 변성되면서 섞여든다. 이로써 마치 거대한 헤비메탈의 폭발처럼 모든 것이 한꺼번에 쏟아지는 것이다.

10편의 연작시 「거꾸로 선 꿈을 위하여」를 위시하여 시집 전체는 이러한 소동이라 할 수 있다. 고유한 화자의 유형화된 음성이 깨져버린 채, 절연된 장면들이 들끓고 있다. 상이한 맥락을 지닌 구문들은 특정 어조로 봉합되지 않는다. 마치 쏟아진 내장을 감쌀 수 있는 피부가 사라져버린 것 같다.

우주는 교미중이다; 호모인 주제에 말야
내 풀무 허파, 불난 내 몸 부채질하네
빗방울과 땅바닥이 사무치듯

나의 눈물 지도는 은하계에 펴져 있다
우주의 시초가 있다 한들, 만수산 드렁칡이 얽혀진들
이런 느낌 너무 흔해
야야야, 나는 노래하는 랩 생쥐, 말콤 엑스의 제자라네
아버지, 나는 어머니를 의심했답니다, 날 핥아주세요
네게 불성이 있다니,
그럼 나는 불성을 포기하리라
신라도 망하고 소련도 망하고, 화랑 관창은 살맛날 리 없어라
나는 토하는 것이 두려워, 기침을 참는다
내 인생은 너무 모호했노라
모호함이 모여 가래가 되었나봐
시인의 기침은 너무 상투적이야; 시인은 정작 구토를 걱정할 터이다
구토, 희망, 나는 합장으로 인사하리라, 나무 프리지아 보살마하살
목단향으로 나를 태워다오
몽정의 나날이여, 꿈의 정액이여; 어디 마땅한 질을 찾아가거라
비단 같은, 비로드 같은, 총구멍 같은, 융단 같은, 너의 질
둔중한 성기로 매를 맞고 싶다

—「거꾸로 선 꿈을 위하여 2」 부분

"우주는 교미중이다; 호모인 주제에 말야" 하는 비아냥은 "빗방울과 땅바닥이 사무치듯/ 나의 눈물 지도는 은하계에 펴져 있다"라는 독백으로 순식간에 변한다. "만수산 드렁칡이 얽혀진들"의 풍

자 화법은 "이런 느낌 너무 흔해" "야야야, 나는 노래하는 랩 생쥐"의 힙합투로 바뀐다. 이렇게 매 행의 어조는 뒤따르는 구문의 배반으로 중단된다. 그리하여 비감은 조롱과, 한탄은 권태와, 분노는 멸시와, 슬픔은 도취와 병렬된다. 모든 발화는 불신 속에 두서없이 뒤섞인다. 구문과 구문은 단절과 비약의 음성들이 마주치고 충돌하고 비껴가는 것으로 계속된다. 궤변과 궤설들은 앞선 구문을 주변화하거나 해체시켜버린다. 이로써 중심 음성이 불가능해진다. 어조와 맥락의 끊어진 다발들이 놓일 뿐이다.

발화의 형식만 그러한 것이 아니다. 내용에 있어서도 종교와 세속, 아버지와 아들, 희망과 절망, 위선과 위악 등을 무차별하게 가로지르는 구문들이 출몰하고 있다. "네게 불성이 있다니" 하고 말하는 아버지는 곧바로 "그럼 나는 불성을 포기하리라"와 같은 역설과 배반의 길을 간다. "내 인생은 너무 모호했노라"와 같은 고백이 진행되면 어김없이 "모호함이 모여 가래가 되었"다는 파행적 요설이 이어진다. "나무 프리지아 보살마하살"은 종교와 세속을 뒤섞어버린, 불경하게 튀어나온 합성어다. "신라"와 "소련"의 뜻 없는 배치처럼, 이 시는 터져버린 말들의 난장과도 같다.

이른바 장광설이다. 화자도, 내용도, 의미도 알 수 없는 말들이 도처에서 나타나고 부딪친다. 종잡을 수 없는 말이 여러 방향에서 튀어나와 끝도 없이 이어지는 것이다. 이것은 차라리 말의 축제에 가깝다. 말의 지시성과는 연관이 없는, 말 그 자체가 계속해서 말에 의해 폭발하는 중이다. 그리고 이렇게 말이 장황해지면 말을 일정한 형식에 거두어들일 수 없음은 자명한 일이다. 말의 앞에도 뒤에도 지시와 논리를 들이댈 수 없다. 장광설은 말의 새로운 분투요, 자유다. 양보할 수 없이 불가능한 가능성이다.

요컨대 진이정의 궤변의 세계가 보여주는 것은 정련된 시어의 소실이나 폄훼 정도가 아니라 반대로 시어의 탈환이라 할 수 있다. 딱딱하고 틀에 박힌 화법의 비좁은 운신이 아니라 말의 무변광대한 활성이 시작된 것이다. 화법에 갇히는 것이 아니라 화법의 자유로운 구사다. 그는 이렇게 그동안의 어떠한 야심찬 시도에서도 들을 수 없던 방식으로 말하고 있으며 더 정확하게는 말을 폭발시키며 말하고 있다. 말은 재현의 도구가 아니다. 말 자체로 세계를 움직이게 한다. 상황에 복종하고 부역을 지는 것이 아니라 순간순간 상황을 창출하는 가능성이 되는 것이다. 그런 의미에서 진이정에게 시는 표상의 억압으로부터 말을 탈환하는 언어 예술이다. 마치 공중에서 바구니 터뜨리기처럼, 그 바구니에서 쏟아져나온 풍선처럼 그의 요설과 장광설은 화려하고 활발하다. 그것은 1990년대 식의 새로이 말하는 방법, 방법을 넘어선 방법, 방법이 아닌 방법인 것이다.

2. 다가오는 육체, 언어의 최대치

진이정의 풀려난 언어, 쏟아지는 언어는 그야말로 날것의 언어다. 형식에 구애받지 않는 자유로운 발성은 언어를 의미나 문맥으로 익혀내지 않은 채 튀어나오게 한다.

이제 난 구체성의 신, 일상성의 보살만을 믿기로 한 것이다
덧없음의 지우개 앞에, 난 흑판처럼 선뜻 맨살을 내밀 뿐이다
아트만이 무너진 마당에
인생이 꿈이란 건, 그 얼마나 뻔한 비유인가
이제부터 나의 우파니샤드는
거꾸로 선 현실이다
하지만 못내 구체적인, 빵꾸 나오시 가게의 흙바닥에 굴러다니던
호이루와 몽키스패너들의 그 완강함이다
나, 아트만 없이 숨쉬고 있다
브라만에 구걸하지 않으리라
난 이제서야 그 옛날의 십원짜리 지폐를 꺼내든다
그 슬픈 돈을 내고 구체적인 박카스 한 병 사먹으리라
슬픔의 드링크에 취해, 내내 위안받으리라

—「아트만의 나날들」 부분

시 전체가 "맨살"의 말들이다. 문학의 언어로 화장되지 않아서, 시어라고 생각하기 어려운 말들이 갈피없이 쏟아진다. 이렇게 "흑판처럼 선뜻 맨살을 내미"는 언어들이 1990년대에 가능했다는 사실이 진이정의 시를 새삼스레 돌아보게 한다. 언어의 혁신이라는 것은 이와 같이 소위 문학적인 것으로부터의 탈피를 감행하는 언어의 모험을 통해 이루어지기 때문이다. 1990년대에 이 모험이 가능했다는 것, 진이정의 무차별 화법이 활성탄처럼 이후 세대의 시

들을 자극했다는 것을 생각해볼 필요가 있다. 2000년대를 넘어 최근에 이르러서는 말에 어떠한 중심도 세울 수 없는 이러한 비화법의 시들이 다양한 방향에서 봇물 터지듯 흘러나왔던 것이다. 목청이 낮은 중얼거림에서부터 떠들썩한 소음에 이르기까지 근자에 나타나는 시들의 정체 없는 중언부언은 바로 1990년대의 진이정에서 원류를 찾아볼 수 있다. 그런 의미에서 그는 말의 개척자다. 그의 특유의 화법으로 말미암아 1990년대는 2000년대 시의 징조가 될 수 있었던 것이다.

진이정에게서 두드러진 것은 맨살의 언어뿐이 아니다. 그 언어로 접촉하는 것은 "맨살"의 세계다. 즉 "구체성의 신, 일상성의 보살"이다. 세계의 구체성이란 무엇인가. 그것은 "빵꾸 나오시 가게의 흙바닥에 굴러다니던/ 호이루와 몽키스패너들의" 세계다. 이 구체성은 "완강"하다. "브라만"이 아니라 "구체성"과 "일상성"의 완강함이다. 구체적이고 일상적인 것은 얼마나 강한 것인가. 얼마나 "아트만"을 조롱하는 것인가. "아트만이 무너진 마당에", "아트만 없이 숨쉬고 있"는 가운데, "그 옛날의 십원짜리 지폐"로 "구체적인 박카스 한 병 사먹으리라"라는 독백은 가히 충격적이다. 싸구려 박카스야말로 아트만을 덮는 구체성이다. 십원짜리 지폐로 구매하는 드링크가 이전의 아트만의 지위를 차지하고 있는 것이다. 아트만이 추상적인 혼령으로서 진두지휘하는 방식이 종말을 고하고 있음을 이보다 더 실감나게 보여주는 장면이 있을까. 이 드링크의 "위안"은 자본주의적이라거나 포스트모더니즘적이라고 말하기에는 너무나 사소하게 실존적이어서, 자칫 개인적인 뉘앙스로 지나치기 쉽다. 하지만 개인적인 것 바로 그 자체여서, 이 드링크야말로 실제로 1990년대적인 아이콘이라고 할 수 있을 것이다.

날것의 언어와 날것의 세계로 이루어진 진이정의 시는 새로운 장이다. 그의 자유로운 화법은 정신적 브라만으로 가릴 수 없는 물질의 세계, 육체의 세계를 필연적으로 향해 있다. "구체성의 신, 일상성의 보살"이 주재하는 곳에서는 "구체적인 박카스 한 병"에 취해 박카스와 하나가 되는 육체가 존재하는 것이다. 이 물질적인 육체가 브라만을, 그리고 아트만을 대신한다. 중요한 것은 이 육체야말로 이상과 신념에 바쳐지던 종전의 육체가 아니라는 점이다. 단지 육체의 현상으로서의 육체, 머리 위의 지표와 무관하게 독립적인 육체다. 진이정에 이르러 육체는 본격적으로 육체화된 육체를 시작했다고 할 수 있다.

하지만 육체는 어떻게 가능한 것인가. 저 윤리와 정신의 지평을 들추고 다가오는 육체는 어떠한 것인가. 이것을 설명하기는 쉽지 않다. 아직 육체는 명확하게 가시화되지 않은 상태로 돌아오기 때문이다. 육체의 개시와 획득은 분명한 것은 아니다.

이렇게 생각해볼 수 있다. 진이정의 시에서 언어들은 육체를 부른다. 육체를 갈구한다. 이 언어에 힘입어 육체가 다가오는 현장이 그의 시인 것이다. 터져나오는 언어는 곧바로 육체를 환기하는 것으로 보인다. 그러나 바로 그렇기 때문에 정확하게 말해서, 육체의 도착보다는 육체를 소환하는 언어의 계기가 광범하게 확장된 것이 그의 시라고 할 수 있다. 초점은 육체가 아니라 언어다. 언어의 지배적 확장이다. 이것은 아무리 강조해도 지나치지 않다. 만약 육체가 당도하면 언어의 장광설은 중지될 것이 틀림없다. 뚜렷하게 가시화된 육체는, 언어를 삼켜버리기 때문이다. 육체가 언어를 대체하게 되는 것이다. 이것이 육체를 향한 언어의 운명이다.

결국 그의 시에서 육체는 다가오는 육체, 징후로서의 육체다. 가능성이 최대화되어 있는 육체이기도 하다. 이것은 동시에 언어의 최대치일 것이다. 그의 폭포 같은 장광설은 언어가 육체에 함몰되지 않았다는 증좌이며, 스스로 부풀려지고 극대화되고 있다는 데에 의의가 있다. 육체가 발견되고 실현되는 것은 그 이후의 일이다.

3. 빛과 피의 칸타타

육체를 향한 말의 폭죽으로 터져나오는 진이정의 시는 형식상으로 발화의 다층적 층위를 거느리는 것 못지않게 내용면에서도 상승과 하강이 충돌하고 뒤엉키는 복잡한 기류를 보여준다. 시집 전체를 관통하는 특징이다.

> 나는 건넌다, 다리는 곧 없어질 터이다
> 사라진 다리로 돌아올 테다
> 그림자 다리를 건너 빛의 나무에 오르겠네
> 사리자야, 물질이 정말 실체가 없는 거니?
> 텅 빈 상태가 정말 나야?
> 정말 그렇다구? 이거 큰일이구나

진리의 얼굴을 한 번만이라도 보고 싶어
그의 사인을 받고 싶어, 그가 나타나면 괴성을 지를 테야
어머니, 저의 무지로 떡을 해 잡수세요
나는 뭔가를 늘 원해왔다
난 손금을 얻었다

—「거꾸로 선 꿈을 위하여 8」 부분

이 시에서도 진이정 특유의 발화를 고스란히 살펴볼 수 있다. 단일한 발성을 벗어난 다성적 어조와 절연된 상황의 병치는 진술의 회로를 부수며 텍스트를 균열시킨다. 균열을 만드는 것은 순서 없이 쏟아지는 질문과 넋두리, 조롱과 선언 들이다. 언어는 깊이가 아니라 넓이다. 언어의 산개, 진술의 만담화는 모든 방향으로 흘러넘친다. 단절된 구문들은 관념이 들어올 여지를 차단한다. 이것은 기필코 사유와 멀어지는 방식이다. 따라서 '나'라는 존재는 출몰하는 육체의 뉘앙스를 띠게 된다.

하지만 "사라진 다리"나 "그림자 다리" "빛의 나무"는 육체나, 육체적인 실체가 아니다. 육체의 결정보다는 그것을 더듬는 언어적 맥락에 가깝다. 앞에서도 살펴본 것처럼 그의 시는 이렇게 육체적 계기와 언어적 계기가 접촉하며 언어의 확장으로 전개되는 양상을 보여준다. 그것은 반복과 역설을 통한 언어의 확산이다. 예컨대 "너 자신을 알라, 나 자신은 없다"와 같은 대립적 병치는, "제가 주였나이다"와 "나는 의식을 버리리라"와 같은 구절들에서 변주된다. 언어들은 지속적으로 번복된다.

이와 같은 진이정 시의 언어적 방창은 시 안에 다양한 요소들이 들어오게 하는 전제가 된다. 상승과 하강, 밝음과 어둠, 나아감과 웅크림이 혼류하며 격한 파토스를 방출한다. 앞의 시에서도 "나는 뭔가를 늘 원해왔다"고 상승이 나서면 "난 손금을 얻었다"는 하강이 뒤따르는 것이다. 한마디로 "빛과 피가 섞인 칸타타"(「거꾸로 선 꿈을 위하여 5」)다. 갈구하는 언어를 빛이라 한다면 빛은 모이고 흩어지고 바닥으로 스며 고통스러운 피의 언어에 섞여든다. "추한 삶" "화석의 가슴" "허망을 딛고" "남루한 슬픔" "슬픔의 드링크" "절망의 마취" "추억거지, 추억부랑자" "떠도는 자" "한방울의 통곡" 같은 구절들은 빛을 품은 피의 언어이다. 빛과 피는 하나가 된다. 욕정, 그리움, 허기가, 비감, 슬픔, 절망, 본능, 성욕, 번뇌, 저속한 운명, 종말과 함께 비틀거릴 때, "바다도 없이, 바다도 없이, 나는 항해한다" "눈물도 없이 나는 운다 울었다"(「거꾸로 선 꿈을 위하여 1」)와 같은 방향 없는 절규들이 떠다닌다.

진이정은 무엇보다 진창의 시인이다. 그의 피의 언어는 "나는 그 옛날의 진창이 그리웠다 비록 연꽃으로 피어나진 못했더라도, 아아 이 몸은 그 진창의 아들일 터이니"(「진창」)에서처럼 진창에서 비롯된 것이다. 하지만 그의 언어가 동시에 빛의 언어가 되는 것은 그가 그 진창에서 "허공의 꽃다발"을 보기 때문이다. 빛은 허공에 있으며, 허공으로 사라진다. 그는 이데올로기적인 땅의 "연꽃"을 보지 않는다. 그가 보는 것은 허공이며, 그 허공에 있는 꽃다발인 것이다. 정확히 말하면 허공으로 던져진 꽃다발이다.

이렇게 생각했을 때 그의 피의 카니발을 제대로 들여다보게 된다. 그의 광기는 피와 빛이 섞이며 역류하는 데서 비롯된 것이다. "이제부터 나의 우파니샤드는/ 거꾸로 선 현실이다"(「아트만의 나날들」)에서 "거꾸로"라는 그의 모드 말이다. 이후 10편의 연작시 「거꾸로 선 꿈을 위하여」에서 "거꾸로"는 진이정의 코드로 자리잡는다. 그에게 현실과 꿈은 모두 "거꾸로" 있다. 이 역류 속에서 피는 피가 아니라 빛이며, 빛은 빛이 아니라 피이다. 이것은 광인의 시선이다. 광인만이 볼 수 있는 것이다. 그에게 본연을 유지하는 것은 없다. "진창"은 "진창"이 아닐 것이다. "진창" 속에서 그는 "나라는 물건은 원래 존재하지 않았다" "텅빈 상태가 정말 나"라고 반복해서 말한다. 그럴 것이다. '나'는 존재하지 않고 '나'라고 하는 텅 빈 활주로를 채우는 것은 그에게 혼몽의 언어일 테니까.

나는 미정의. 미완의. 그 무엇이며. 사라지는 중이다

—박상순의 『6은 나무 7은 돌고래』(민음사, 1993)

박상순의 『6은 나무 7은 돌고래』는 1990년대 초반, 1993년에 나왔다. 예외적인 시집들이 흔히 그렇듯이 이 시집은 아무 예고도 없이, 전조도 없이 와서, 아무 파란도 없이 처음에 왔던 그 자리에 아직도 서 있는 듯 보인다. 1990년대나 그 이후는 이 시집의 이상한 기운을 충분히 호흡하지 않은 것이다. 어떤 거리감을 갖고 바라보았을 뿐이다. 이 말은 이것이 아직도 소비되지 않았다는 것을 뜻한다. 물론 좋은 시집은 대개 시집의 크기만큼 충분히 소비되지 못하는 측면이 있다. 소비가 불가능한 지점을 보유하고 있는 것이다. 그렇게 생각해보면 이 시집은 아직도 밝혀지지 않은 중요한 내용들을 품고 있음이 틀림없다.

이제 이 시집의 독특한 기운이 어디서 비롯되는지 탐색해보려 한다. 탐색은 당연하게도 1990년대 시의 성격을 밝히는 계기가 될 것이다. 박상순의 문제성이야말로 1990년대의 문제성과 잘 등치

되기 때문이다. 주지하는 바와 같이 좋은 시인은 그 자체가 시대적 징후가 되어버린다. 아니, 시대의 징후를 만들어낸다고 할 수 있다. 이 글에서는 두 가지 관점에서 이를 접근해 보려 한다. 결론부터 이야기하자면 이 둘은 상반된 것이다. 정확히 상반된 두 가지 축이 박상순의 시집에 공존하며, 이것이 그의 시들을 그토록 미묘하게, 의미 있게, 역사적으로 만들고 있음을 살펴볼 것이다.

1. 개인의 등장

박상순의 『6은 나무 7은 돌고래』에서 무엇보다 두드러진 것은 개인의 등장이라 할 수 있다. 시집 전체를 통틀어 뚜렷하게, 개인이 드러나고 있다. 이것을 다음과 같이 이해할 수 있다. 개인이 가시화되는 것은 공동체 속에 융화되어 있을 때가 아니다. 그럴 경우 개인은 잘 보이지 않는다. 반대로 공동체 밖으로 튀어나와 있을 때 개인은 잘 보인다. 그러므로 개인의 등장이라고 할 때 그것은 단지 등장하는 게 아니라 고립적 등장이라 해야 한다. 개인은 공동체로부터의 고립으로 인해 가시화되는 것이다.

좀더 살펴보면 이렇다. 우리는 이전 1970~80년대를 통해 이미 억압받는 개인, 체제에 위태롭게 노출된 자아를 익숙하도록 경험했다. 하지만 이때 대타적 위치에 놓였던 것은 제도나 체제였으며, 체제의 억압을 받았던 것은 개인이라기보다 인간이었다고 할 수 있다. 이러한 사정으로 말미암아 당시에는 핍박받는 인간의 상처를 보듬는 유토피아적인 공동체를 인간의 편에서 상상하는 것이 자연스러운 일이었다. 억압적 체제의 대안으로서 인간적 삶의 추구와 이를 견인하는 공동체의 설정은 다분히 이데올로기적인 것이었지만 이것은 문제되지 않았다. 오히려 그러한 이유로 흡인력도 강했던 것이다. 어찌됐든 공동체는 개인을 품는 것이었다고 할 수 있다.

1990년대 박상순의 시에 나타난 공동체는 이와는 판이했다. 그것은 우선 위치부터 달라 보였다. 이전의 공동체가 인간 쪽에 서 있는 것이었다면 박상순의 공동체는 개인의 맞은편, 대타적 자리에 위치했다. 그곳에서 개인에게 결코 우호적이지 않은 모습으로 비쳐졌다. 개인은 이 공동체에 감싸이는 것이 아니라 반대로 공동체에 의해 퇴출당하는 듯이 보였다. 이것이 박상순 시에서의 고립의 의미이다.

홈친 구두를 신고
홈친 가방을 메고
소풍을 갔다

발등에 족쇄 같은 고리가 달린
여자아이의 구두를 신고
어수선한 닭집 옆
주렁주렁 매달린
시장 바구니 하나를 홈쳐

소풍을 갔다

풀밭 위에 앉아서 도시락을 먹었다
선생님은 구두를 먹고
아이들은 내 찢어진 반바지와 바구니를
김밥처럼 먹으며

내게 말했다
구두에게 말했다
바구니에게 말했다

—너, 집에 가!

—「빵공장으로 통하는 철도로부터 6년 뒤」 전문

참으로 인상적인 장면이다. 소풍을 갔는데, 무슨 연유인지는 모르지만 선생님과 아이들이 그들만의 공동체를 이루고 있고 나는 제외되어 있다. 선생님은 나의 "구두를 먹고", "아이들은 내 찢어진 반바지와 바구니를/ 김밥처럼 먹으며", "—너, 집에 가!" 하고 내뱉는다. 모두 한 덩어리가 되어 묵계를 실천하듯 나를 쫓아내고 있다. 나만 이 상황을 잘 파악하지 못하는 듯하다. 마치 외부인처럼, 초대받지 못한 불청객처럼, 그들의 공동체를 훼손한 침입자처럼 나는 내몰린다. 그리고 이 노골적인 경계야말로 박상순 시의 핵심이다. 이토록 뚜렷한 구획이 시집 전체를 가로지르고 있는 것이다.

다른 모든 것은 차치하더라도 여기서 분명한 것은 이 괴이한 공동체가 전도된 공동체라는 것이다. 체제에 맞서기 위해 인간의 진리와 이상을 담보해줄 것으로 기대됐던 이전의 공동체는 이렇게 개인을 밀어내는 모습이 아니었다. 개인의 기대를 배반하는 모습이 아니었던 것이다. 반면 박상순 시에 나타난 공동체는 이토록 강렬하게 개인에게 적대적이어서, 이로 말미암아 개인이 공동체로부터의 분리를 비로소 실현하게 된 것 같은 생각마저 하게 만든다. 공동체로부터 밀려나 공동체에 대해 자각을 하게 된 형국이다.

이것은 어떤 의미를 지니고 있다. 개인이 전적으로 개인이기 위해서는 공동체에 대한 뚜렷한 관계를 수립해야 한다. 가장 그럴듯한 것은 공동체에 대한 미련을 버리는 것이다. 이것이 개인이 선명해지는 방식이다. 박상순의 시가 선명하다면 이와 같은 연유에서일 것이다. 공동체로부터의 추방과 이에 맞섬이라는 모티브가 그에게 개인이라는 영역을 가능하게 하고, 개인은 증오와 분노를 통해 스스로를 날카롭게 세울 수 있었다. 그의 시의 개인은 이렇게 공동체로부터의 압박에 맞추어 형성되었거나, 혹은 그 압박에 의해 드러난 것이다.

다시 말하면 지금까지 흔히 생각해왔듯이, 1990년대의 정치적 해빙기로 말미암아 개인이 온전히, 홀연히 출현했다는 것은 안이한 발상이다. 또는 2000년대의 상황에 근거해 막연히 역산한 것이다. 온전한 개인의 출현은 사실상 불가하다. 어떻게 개인의 시대가 자연스럽게 형성될 수 있는가. 차라리 이전에 개인이 안겨 있던 공동체가 정치적 통제가 제거되었을 때 도리어 압박이 되었으며, 이에서 벗어나기 위한 일환으로 개인이 출현한 것이라고 해야 한다. 박상순 시가 보여주고 있듯이 공동체와의 긴장이 개인을 가능하게 한 것이라고 말이다. 개인은 공동체 속에서가 아니라 공동체를 건어냄으로써 등장할 수 있었던 것이다.

그날 아침 나는 학교에 가지 않았습니다
우체국 뒷길을 맴돌다
수채구멍 속에서 나온
개구리 한 마리를 밟아 죽이고
집으로 돌아왔습니다

거미는 도망가고 없었습니다
점심은 먹었는지,
저녁은 어떻게 먹고 무얼 했는지,
기억이 나지 않습니다

나는 눈을 감기 전에
내 귀여운 방에게 말했습니다
—나는 거미가 되고
　너는 거대한 개구리가 될 거야

그리고 나는 불을 질렀습니다

—「빵공장으로 통하는 철도로부터 4년 뒤」 부분

첫번째는 나
2는 자동차
3은 늑대, 4는 잠수함

5는 악어, 6은 나무, 7은 돌고래
8은 비행기
9는 코뿔소, 열번째는 전화기

첫번째의 내가
열번째를 들고 반복해서 말한다
2는 자동차, 3은 늑대

몸통이 불어날 때까지
8은 비행기, 9는 코뿔소,
마지막은 전화기

숫자놀이 장난감
아홉까지 배운 날
불어난 제 살을 뜯어먹고

첫번째는 나
열번째는 전화기

—「6은 나무 7은 돌고래, 열번째는 전화기」 전문

「빵공장으로 통하는 철도로부터 6년 뒤」가 공동체와 개인의 경계선을 포착한 것이라면, 위의 두 편의 시는 그 이후의 양상을 전개하고 있다. 먼저 「빵공장으로 통하는 철도로부터 4년 뒤」는 이제 고립된 개인이 어떻게 존재하는지를 적나라하게 보여준다. 나는 공동체로부터 분리되어 혼자 빙빙 돌며 "학교에 가지 않"는다. "우체국 뒷길을 맴돌다/ 수채구멍 속에서 나온/ 개구리 한 마리를 밟아 죽이고/ 집으로 돌아오"는데, "점심은 먹었는지" "저녁은 어떻게 먹고 무얼 했는지", 스스로도 도통 알 수 없다. 사회적인 행위로 보이는 것은 아무것도 없다. 사회와 연결되는 길도 없다. 학교는 나와 무관하며, 적대적인 공동체에 지나지 않는다. 내가 할 수 있는 일은 그에 대한 분노와 원망을 표현하는 것뿐이다. "그리고 나는 불을 질렀습니다"에서 증오는 최대치가 되는데, 이때 개인은 공동체 위로 떠오른다. 분리가 선명하게 제시되는 것이다.

표제작이기도 한 「6은 나무 7은 돌고래, 열번째는 전화기」는 앞의 시의 분노, 원한의 표출과는 상이한 모습을 보여준다. 여기서 개인은 공동체에 대한 모든 미련과 증오를 잊고 그야말로 자신만의 세계에 몰두한다. 아니 몰두라기보다는 새로운 세계의 창출이라 할 수 있다. 혼자만의 영역을 만들어내는 것이다. 그것은 새로운 언어 놀이, 새로운 질서의 창안이다.

구체적으로 "첫번째는 나/ 2는 자동차/ 3은 늑대, 4는 잠수함"과 같은 놀이가 계속해서 이어진다. 이것은 근거 없는 언어 놀이이다. 혼자 하는 놀이며, 혼자 만들어내는 규칙이다. 마음대로 하는 것이며, 뒤죽박죽이며, 길 없는 길이다. 하지만 여기에는 "너, 집에 가!"라고 말하는 공동체가 없다. 나는 드디어 이 세계의 질서에 맞먹는 무의미한 서술의 양상, 나 혼자만의 세계를 만들어낸 것이다. 그리고 이것을 비로소 개인의 등장이라고 해야 하지 않을까. 혼자 불을 지르거나 혼자 노는 일, 이 '혼자'가 그야말로 혼자일 때, 개인이라는 것이 가장 적절한 명칭이 되는 것이다.

2. 그리고 개인의 소멸

흔히 1990년대 문학을, 1980년대의 정치 시대와 비교하여 해빙기 시대의 개인과 내면의 문학이라 하지만 여기에는 재고되어야 하는 측면이 있다. 세기말에 나타나는 개인이라는 것이 일면 시대착오적이기도 하기 때문이다. 무슨 뜻일까. 조금만 눈을 들어보면 확연해지는 사실이 있다. 무엇보다 현대 문학이란 개인, 주체의 영역이 점차 축소되는 방향으로 전개되고 있다는 점이다. 특히 구조주의 이후로 인간이니, 주체니 하는 것은 크게 보아 탈환되기 어려운 방향으로 계속 떠밀려가는 중이다. 현대는 세계를 끌어들여 동화시키거나 세계에 맞서는 뚜렷한 주체보다, 분열되고 비결정적인, 무정형의 주체로 이동하고 있다. 뚜렷한 통일체로서의 개인은 그런 의미에서 점차 사라지고 있다고 해야 할 것이다.

그러므로 1990년대 문학의 독특함과 파행은 예측할 수 있는 일이다. 1990년대는 주체나 개인이 사라져가는 커다란 흐름 속에서 오히려 개인이 가시화되는 역설을 지니기 때문이다. 그리고 이것은 1980년대의 리얼리즘의 작용에 힘입은 바가 크다. 1980년대는 1990년대가 갖추게 될 자연스러운 시대적 양상을 억압했다. 사회나 현실의 무거움으로 개인의 음성을 누르면서 더 중요하게는 개인이 소멸해가는 시대의 보편적 흐름 역시 억압한 것이다. 다시 말하면 리얼리즘의 기류 아래, 개인이 제 목소리를 내지 못하면서도 또 한편 개인의 소멸 역시 진행되지 못하고 멈추었다는 것, 이것이 1990년대를 복잡하게 만든 것이다. 따라서 1980년대가 물러났을 때 개인이 등장했지만 또 한편으로 개인이 소멸하는 운동도 같이 나타났다고 보아야 한다. 이것이 1990년대의 특징이다.

요컨대 1990년대 문학을 돌이켜보건대, 개인이 복원되는 측면과 개인이 사라지는 양상이 동시에 진행되면서 복합적으로 얽히고 있다고 해야 할 것이다. 1990년대는 어느 한쪽에 치우치지 않고 두 면모들을 전개해나갔으며, 당시의 시인들은 이 중의 한쪽에 가까운 시들을 썼다. 비록 뒤이은 2000년대의 시인들에게는 개인의 분열과 축소, 소멸이 더 많이 나타나고 있지만 말이다. 이것은 현대시의 자연스러운 방향이라고 할 수 있다.

박상순의 시는 이러한 여건을 이해했을 때 각별한 것이다. 그의 시는 공동체로부터 분리되고 이에 맞서는 개인을 명확하게 등장시켰지만, 이와 동시에 위태로운 개인이 소멸하는 모습도 동시에 보여주고 있기 때문이다. 한 권의 시집에서 이 대립적인 양상이 동등하게 나타나는 것은 흔한 일이 아니며 쉽지 않은 일이다. 그만큼 그의 시는 다면적이고 중층적이다.

경찰관 A가 들어와 내게 말했다
소설가 B가 들어와 내게 말했다
생선장수 C가 석유통을 들고
나의 어머니에게 말했다

저 녀석이 어젯밤 계단 위에서
소설가 B의 막내딸을 밀쳤습니다
B의 막내딸이 넘어지며
경찰관 A의 둘째 딸이 넘어지고
계단 위에 서 있던
A, B, C의 딸들이
다리가 부러지고 목뼈가 부러지고
코뼈가 주저앉았습니다
(중략)

어머니가 생선장수 C를 바라보며
경찰관 A에게 말했다
내 아들은 아닙니다
생선장수 C가 말했다
내 아들은 아닙니다
소설가 B가 말했다

내 아들도 아닙니다
경찰관 A가 나를 향해 말했다
나의 아들 또한 너는 아니다

—「사랑받지 못하는 너희들에게」 부분

그의 많은 시들과 마찬가지로 이 시 역시 박상순의 주요 특징인 개인의 고립과 노출이 적나라하게 드러나 있다. 경찰관, 생선장수, 소설가가 모두 공동으로 약속이나 한 듯이 나의 비행을 고발하며 나를 몰아내려 하고 있다. 충격적인 것은 나를 옹호해야 마땅할 어머니가 "내 아들은 아닙니다"라고, 그것도 제일 먼저 나를 부정하는 장면이다. 어머니의 행위는 다른 사람들이 나를 망설임 없이 적출할 빌미가 되고 있다. 나는 그야말로 누구의 아들도 아닌 것이다.

집단으로부터의 배제는 박상순 시의 공통적인 양상으로 새삼스러울 것은 없다. 그보다 이 시에서 눈에 띄는 것은 경찰관, 소설가, 생선장수가 기호화되어 나타난다는 점이다. A, B, C라는 기호는 이들의 존재를 무리화하고 추상화한다. 이들은 구체적인 개인이 아니라 세계의 어떤 인자로 작용하는 듯이 보인다. 개인은 흩어지고 소멸하고 세계 내 적당한 요소로 되어가는 중이다. 그리고 요소들의 배치와 순환이 이루어지는 것이다. 물론 여기서 나도 예외일 수가 없다. 나는 여러 등장인물들에게 박해를 받는 것으로 되어 있지만, 이들이 세계를 이루는 요소일진대, 나 역시 이와 다를 바 없다. 나도 한 요소에 지나지 않은 것이다. 내가 누구인지, 왜 미움을 받고 내몰리는지, 아무런 단서도 이유도 없거니와 중요하지도 않다.

나는 적의가 작동하는 체계의 한 항목에 지나지 않을 따름이다. 요컨대 시집 전체를 통틀어 미움의 대상으로 내가 드러나고는 있지만 그럼에도 나라는 개인이 무엇인지는 알 수 없다. 나는 그 누구의 아들도 아니다. 나는 미정의, 미완의, 그 무엇이며, 다른 것들과 함께 출현했다가, 사라지는 중이다.

박상순 시의 이러한 개인의 소멸과 기호화 현상은 시집 전체에 걸쳐 지속적으로 나타난다. 고립적인 개인의 가시화보다 개인들을 기호화하고 비가시화한 쪽으로 더 기운 예들을 다음에서 볼 수 있다.

J는 일기예보를 한다
Y는 커다란 쓰레기통을 머리에 쓰고
개를 기른다

K는 숟가락으로
발바닥을 악기처럼 두드리다가
하수관 속으로 떠내려간다

(중략)

나는 하수관에 귀를 대고
J와 Y와 K와

또다른 K의 목소리를 듣는다
J가 Y에게 말한다
—쓰레기통 좀 빌려줘

K가 K에게 말한다
—네 발바닥 좀 빌려줘

J와 Y와 K와 K가
나를 향해 말한다
—하수도를 막고 있는
네 얼굴 좀 치워줘

—「하수관이 통과하는 거대한 침실」 부분

그는 용감한 ▲였다.

▶는 용감한 전사였다. 정치학을 공부했다. 하지만 그는 왼손은 남자, 오른손은 여자, 손바닥을 펼치며 운명을 예견했다. (중략) ▶는 결코 쉽게 쓰러지지 않을 용감한 전사였다.

▼는 용감한 전사였다. 모든 것을 공부했다. 한 계절은 사진술, 한 계절은 요리술, 한 계절은 문학 강좌, 한 계절은 …… 모든 것을 공부했다. (중략)

◀는 용감한 전사였다. 아무것도 없었다. 아무것도 못했다. 아무것도 하지 않았다. (중략) 하지만 그는 용감한 전사였다.

(중략)

▶는 손바닥을 펼치다 머리가 아파, 두통약을 먹은 뒤 남아 있는 다섯 시간의 삶을 마감했다. ▼는 나에게 전화를 했다. ―오늘은 잠이 안 와 ! 그리고 다음 날 편지를 했다. ―여기서는 잠이 안 와 ! 그리고 어느 날 **◀가 갑자기 나에게 왔다.**

―「등뼈 없는 도둑 1」 부분

이 두 편의 시는 박상순 시의 특성인 개인의 돌출은 나타나지 않는다. 대신 기호화가 얼마나 자연스럽게 그의 시를 지배하고 있는지를 잘 보여주고 있다. 고유명사들이 사라지고, 들어서는 것은 통상적 기호들이다. 기호들의 대체는 개인의 가시성을 무력하게 하고, 개인을 일정한 요소들로 환원시킨다. 기호는 다른 기호들과의 관계나 전체 기호들의 더미 속에서 흘러다닐 뿐이다.

「하수관이 통과하는 거대한 침실」에서 "일기예보를 하"는 J와, "커다란 쓰레기통을 머리에 쓰고/ 개를 기르"는 Y와, "하수관 속으로 떠내려가"는 K는 모두 대체 가능한 기호들이다. 이들은 누가 해도 다를 바 없는 말을 하고 있으며 음성의 차이가 없다. 심지어 K가 K에게 말하기도 한다. 나는 "하수관 끝/ 침실에 누워/ J와 K와 Y와 K의 울부짖음을 듣"고 있지만 그 소리들은 구별되지 않는다. 그것은 심지어 내가 내는 소리들일 수도 있다. J와 Y와 K와 나는 개별적 개인이라기보다는 순환되는 장면의 순간적 위치를 표시한 것에 지나지 않는다.

상황은 「등뻐 없는 도둑 1」에서도 비슷하게 진행된다. ▲,▼,◀, ▶ 들은 기호라기보다는 차라리 부호에 가깝다. 문자들은 도형으로 환원되는 중이다. "그는 용감한 ▲였다"는 그다음에 "▶는 용감한 전사였다" "▼는 용감한 전사였다" "◀는 용감한 전사였다"로 변주된다. 이들은 같은 상황을 연출하는 순간적인 버전들이다. 모두 "용감한 전사였다"로 통할 뿐, 개별성을 획득하지 못한다. 이들에게 적용되는 것은 대리, 대신, 대체 들이다. 그리고 어떤 부호를 대입해도 "용감한 전사"가 출력된다면, 대입되는 부호들뿐만 아니라 출력된 내용도 의미를 지니지 못하고 무효화될 것임이 틀림없다. 결국 모두 소멸의 흐름 속으로 사라져갈 것이다.

여기서 박상순이 생산한 개인이라는 것이 이렇게 기호나 부호들의 무리라는 것에 주목할 필요가 있다. 그는 개인을 고유명사화하거나, 특별한 영역으로 지정하거나, 나아가 특화시키려 하지 않았다. 분노와 원망과 유폐의 개인에게 얼굴을 부여하지 않은 것이다. 이것이 그의 가장 유니크한 부분이다. 이로써 개인이 나타났으되 정체가 없으며, 추상적이고 기호화되었다는 점에서, 박상순의 시는 뚜렷한 주체가 소멸해가는 현대 문학의 큰 흐름과 궤를 같이하고 있다고 할 수 있다.

3. 이도주

박상순의 시들은 개인을 표나게 세웠지만 동시에 기호화, 도형화로 흘러감으로써 개인, 개별성과 멀어진다. 기호나 부호들이 표류하고 흘러다닐 때 이 얼굴 없는 기호들은 개인의 희미한 순간처럼, 흔적처럼 보인다. 하지만 알아볼 수가 없다. 그래서 가까이 있어도 멀리 있는 듯하고, 익명의 지평으로 사라져가는 것만 같다.

『6은 나무 7은 돌고래』에는 기호들 외에도 만화도 자주 등장한다. 「가짜 데미안」에는 외눈과 네 개의 머리카락을 가진 나와 두 눈과 다섯 개의 머리카락을 가진 친구가 대비되어 출현한다. 이것은 당연하게도 개인이 아니다. 단지 암묵된 표시에 지나지 않는다. 이 회화화된 캐리커처는 「녹색의 소년」에서 통 속의 아이로 다시 나타난다. 아이는 까만 점의 머리통과 몇 개의 짧은 선으로 팔다리가 그려지고 있는데, 이 개미 같은 신체로 통 속에서 굴러다닌다. 가장 진화된 만화는 「빵공장으로 통하는 철도로부터 3년 뒤」이다. 역시 개미 같은 신체의 아이들이 나와서 서로 구슬과 사탕을 주고받는데, 나는 네모 아래 두 발이 그려진 "가마니를 쓰고 떠나는 사람"만 그리고 있다. 가마니 아래 두 발만 그려진 이 형상은 네모로 떠다니는 데 불과해서, 추상과 소멸의 아이콘을 잘 보여준다. 이렇게 문자가 완전히 그림으로 탈바꿈되면서, 이 표기의 틈 속으로 개인은 사라진다.

이것이 그의 시의 특성이다. 다른 시인들의 경우, 개인의 등장이 전면화되거나 소멸이 진행되는 어느 한쪽에 서는 데 반해, 박상순에게서는 이 두 가지 선이 선명하게 교차하고 충돌하고 있는 것이다. 따라서 그의 시는 슬프고 고립적인 어떤 주체에 대해 이야기를 할 때, 그 주체를 강하게 환기하면서도 주체가 뚜렷하게 존재하지 않는 모순을 띤다. 개인을 보여주지만 실은 텅 빈 개인이다. 주체나 개인은 기호로, 부호로, 축소된 선과 점, 도형으로, 자리로만 존재한다. 이 기호들은 엄격히 말해 개인이 아니다. 단순한 위치의 표시이며, 정체불명의 흔적들이며, 지속적으로 갈음된다.

요컨대 이들은 모두 상징계로부터 달아나고 있는 표지들이라 할 수 있다. 경찰관, 생선장수, 소설가라는 상징계가 파문을 명할 때, 이들 상징계에 포획되지 않을 수 있는 표지들인 것이다. 자신의 "아들"이 아니라는 사실만 인지할 뿐, 상징계는 이를 포착할 수 없다. 아니, 상징계는 애초에 아무것도 아닌 것을, 아무것도 없는 것을 추방하려는 것은 아닐까. 그렇다면 이 도주는 얼마나 역설적인가. 얼마나 그럴듯한가. 기호들의 세계, 가마니를 들춰볼 수 없으므로 가마니 속에 무엇이 있는지, 무엇이 없는지 우리는 영원히 알 수 없지만, 아니, 가마니 속에는 아무것도 없을 테니 말이다.

소년 시대, 단일 주체가 사라지는 방식에 대하여

—함기석의 『국어선생은 달팽이』(세계사, 1998)

여기 한 권의 시집이 있다. 이것은 어떤 상상력, 어떤 수사, 어떤 언어적 기회, 어떤 사유와 그 사유의 극복이 존재한다는 것에 다름 아니다. 물론 더 많은 것들이 이야기될 수 있다. 어떤 아름다움, 어떤 형식, 어떤 호흡, 그리고 어떤 미지와 가능성 말이다. 한 권의 시집은 이와 같은 가시적인 것과 비가시적인 무수한 예술적 신호들을 품고 있다. 이 신호들 중의 일부가 특별히 강렬하거나 지속되는 것을 우리는 문학사를 통해 종종 목도한다. 즉 어떠한 시집의 고유한 특성이 고유함을 넘어 동시대나 이후 시대에 보편적인 것으로 확산되기도 하는 것이다.

함기석의 『국어선생은 달팽이』는 1998년에 나왔다. 이 시집을 펼치면 제일 먼저 느껴지는 것이 2000년대와의, 그리고 2010년대를 넘어선 현재와의 놀라운 친연성이다. 시간에 가속이 붙은 것처럼 감각이나 감수성이 하루가 다르게 급변하고 있기에, 2000년대를 16년 경유한 시점에서 1990년대의 시집을 보며 간극을 느끼지 않는다는 것은 신기한 일이다. 간극은커녕 이 시집은 현재와 동등한 감각의 포지션을 지니고 있다고까지 여겨진다. 1990년대가 아니라 최근에 간행된 것 같은 인상을 주고 있는 것이다. 물론 감각의 현재성이라는 것은 좋은 시라면 지녀야 될 기본적인 덕목이지만 이것은 사실 불가능에 가깝다. 시간이 지나면 모든 것은 시간의 그늘 아래 놓이며 역사가 되게 마련이다. 그러므로 함기석의 시에서 시간의 더께가 느껴지지 않는다는 것은 그의 시집이 그때나 지금이나 항상 현재형임을 시사한다. 아직도 현재의 시가 그의 감각을 읽고 공유하고 분배한다는 것이다.

이것을 이렇게 판단할 수 있다. 소수의 1990년대 시인들이 잠재적이고 근원적으로 2000년대 시인들의 상상을 자극하고 그들의 활로에 영향을 주었던 것에 비해, 함기석의 시는 보다 직접적이고 가시적인 선구의 역할을 한 것이라고 말이다. 감각의 활달함, 언어 놀이를 통한 은유와 환유의 분방한 결합, 미성년 퍼소나의 전면적 배치, 사물 세계의 화려한 등장, 기성세대나 질서의 조롱과 교란 등, 그의 시에 펼쳐져 있는 특징들은 최근의 시를 구성하는 주요한 테마들이다. 함기석 시의 이러한 성분은 마치 대기 중에 떠 있는 공기처럼, 지금도 사라지지 않고 실제의 역할을 해온 것이다. 너무나 자연스럽게 호흡된 공기 같은 것이었기에, 2000년대 미래파나 지금 우리 시의 넓은 바탕을 이루며 새로운 세대의 구체적인 피와 살을 형성해왔다. 이제 이것을 드러내어 좀 구체적으로 살펴볼 차례다.

1. 소년은 사물이다

시의 퍼소나가 성인이 아니라 미성년자로 바뀌기 시작한 정확한 시점을 가려내기는 쉽지 않다. 분명한 것은 1990년대 이전에는 미성년 화자가 등장하더라도 부분적이거나 예외적인 것이었다는 사실이다. 기성의 질서나 대타적 세계의 크기에 맞서기 위해서는 반성과 투쟁을 할 수 있는 성인이 설립되어야 했으며, 1970~80년대 시의 주체는 대부분 이러한 성인의 세계였다. 이후 세계의 크기가 작아지거나 영향력이 국소화되었다고 생각되었을 때 자아의 크기를 줄여나간 1990년대의 시에서 미성년 화자가 등장하기 시작한 것은 자연스러운 현상이다. 여러 시인의 시에서 이러한 작은 자아의 모습이 앞서거니 뒤서거니 나타나기 시작했다. 대표적으로 「빵공장으로 통하는 철도로부터」 연작시에서 성인이 아니라 소년을 출현시킨 박상순의 시가 있다. 주지하다시피 박상순의 시에서 소년은 대개 고독하고, 고립적이고, 억압의 뉘앙스를 띠고 나타났다. 어둠에 긴박되어 있는 것이 박상순 시의 소년이 주는 비의성의 원인이다.

함기석의 『국어선생은 달팽이』를 펼치면 일단 박상순 시의 어둠은 존재하지 않는다는 것을 금방 알 수 있다. 그의 소년은 박상순의 소년과 여러 모로 구별이 된다. 박상순의 소년에 연원을 두고 전개되지만, 근본적으로 다른 소년이라 할 수 있다. 이 소년은 어떤 거리낌, 조건, 경계 같은 것이 없다. 단지 소년 자체다. 거침없이 전체다. 소년을 억압하는 사회도, 공동체도, 체계도 잘 느껴지지 않는다. 있다 해도 마치 단자와 같은 자족적인 소년을 일그러뜨리지 못한다. 소년은 도대체 결박되어 있지 않은 것이다.

어떻게 이런 소년이 출현했을까. 눈앞에서 종횡무진하게 되었을까. 아직 많은 것이 모호하고 맹아적인 1990년대에 이토록 선명한 소년이 생성된 것이 새삼스럽다. 소년은 망설임 없이 움직이고, 운동하고, 누추한 세계에 부딪쳐 튕겨오른다. 소년이 활발하기에, 사물들도 거의 전격적으로 소년에 반응한다. 세계는 놀라울 만큼 역동적으로 분주해진다.

소년의 주특기는 빠른 땅볼이다. 새를 기르던
소녀 앞에서 멋진 슛을 날리면 날릴수록
공은 늘 담장 위로 도망치며 소년을 배신했지만
소년의 꿈은 최고의 축구선수가 되는 거다 그래서

소년은 무엇이든 차버린다
소년은 책상을 찬다 책상은 발을 아파한다
소년은 국어책을 찬다 국어책은
교실 유리창을 깨고 겨드랑이에 떨어져 소년을 읽는다
소년은 시계를 찬다
시계는 손목에 떨어져 소년의 내일을 아파한다
하얗게 타들어가던 겨울하늘을 아파한다
불기둥 사이 예쁘게 발광하던 소녀를 아파한다
소년은 구두를 찬다 아니

구두가 소년을 차버리고 소년을 가둔다

소년은 힘껏 가난을 차버린다
가난은 골대에 정면으로 맞고 튀어나와
소년의 얼굴을 더 세게 때린다

코피를 닦으며 소년은 아빠를 차버린다
아빠는 포물선을 그리며 술병 속으로 똑 떨어진다
술병은 아빠를 아파한다 소년은 새벽마다
아빠의 늑골 사이에서 울려나오는 삽질 소릴 아파한다
술병 속으로 석탄을 실은 화물열차가 연달아 들어가고
만취한 아빠는 비틀비틀 어두운 술병을 걸어나온다

—「축구 소년」 부분

방에 울고 있는 소녀가 있다
죽은 오빠의 사진을 들고 산수책을 들고
꽃병 속으로 들어간다 꽃병 속엔
오빠가 일하던 목욕탕이 있고 세탁소가 있다

꽃병 속으로 비가 내린다
소녀는 우산도 없이 걷는다
산수책은 눈처럼 녹아 손가락 사이로 흘러내리고
초록의 눈을 가진 나무들이

소녀의 뒤쪽으로 걸어가며 구구단을 왼다
—칠칠은 목욕탕 칠팔은 세탁소

비가 그친다
소녀의 이마처럼 맑게 개는 하늘
세탁소 위에 무지개를 게워놓는다
죽은 오빠가 무지개에 앉아 하모니카를 불고 있다
소녀는 기뻐하며 무지개를 향해 뛰어간다

—「사라진 소녀」 부분

"소년의 주특기는 빠른 땅볼이다"로 시작하는 「축구 소년」은 1990년대에 나타난 거의 최초의 탄성적 언어이다. 나이브하고 정서적인 시편들이 아직도 보편적이던 때에 이런 빠른 장면 전환의 시는 단절적 도약이랄 수 있다. 활달하고 속도감 있는 문체와 순간순간 굴절되는 이미지 전개 방식이 바야흐로 선보이기 시작한 것이다.

내용으로 보면 이 시에 나오는 소년은 축구 선수가 되고 싶어하는 평범한 소년이다. 그러기 위해 소년은 잡히는 대로 공처럼 차는 것으로 소일한다. 책상, 국어책, 시계, 구두 등 자신의 주변에 있는 것은 뭐든 가리지 않는다. 진술의 기본을 이루는 것은 소년이 축구를 하듯이 뭐든 찬다는 것이지만, 흥미로운 것은 목적어로 등장하는 사물들의 세계다. 소년의 차는 행위에 의해 비로소 사물들이 움직이기 시작한다. 그리고 이로써 세계는 드디어 모습을 드러내게 된다. 다시 말하면 소년의 출현으로 인해 사물의 세계가 가능해진 것이다. 이것이 함기석 시의 소년의 의의다. 소년은 사물에 근접해 있고, 사물의 직접성을 가능케 하며, 사물과 평등한 존재다. 소년은 곧 사물이다.

또한 소년과 더불어 소녀도 있다. 소녀는 소년과 구별되지 않는다. 서로 영향을 주고받는 인과적 관계가 아니라, 무차별하게 공존한다. 「사라진 소녀」에 나오는 소녀 역시 세계 속에 있기는 하지만 소년처럼 사물과의 어떠한 경계선도 지우는 존재라 할 수 있다. 소녀는 죽은 오빠, 사진, 산수책, 꽃병, 목욕탕, 세탁소, 비, 우산, 나무, 하늘, 무지개, 하모니카 등의 사물들과 접촉한다. 때로 인접에 의해, 또 때로는 소유와 병행, 중첩에 의해 사물들을 건드리고 가시화한다. 소녀 자신을 전개하는 것이 바로 이렇게 사물들의 세계를 펼치는 것과 다르지 않은 것이다. 소녀는 사물 세계로 향하게 하는 열쇠와 같다. 소녀 역시 사물이다.

한마디로 함기석의 시는 소년이나 소녀가 출현하는 시대를 여는 출발지라고 할 수 있다. 함기석 이전의 시에서 소년이 더러 모습을 보이기는 했지만, 아무 전제 없이 미성년자가 전면화되어 무대를 누빈 것은 함기석에 이르러서이다. 그의 시에서 소년이나 소녀는 직접적으로 전 방향으로 작용하면서 인간과 사물 세계를 휘젓고 다닌다. 세계의 위치나 질서를 거리낌 없이 흔들어대는 것이다. 소년이나 소녀를 제목으로 달고 있는 「거울 속의 소년」 「학교 가는 소년」 「죽음과 소녀」 「새장 속의 소녀」는 말할 것도 없고, 표제작인 「국어선생은 달팽이」를 위시하여 「짝사랑」 「사냥놀이」 「산수 시간」 등등 거의 모든 시에서 소년과 소녀는 스스럼없이 나타나 사물과 혼융된다. 따라서 함기석에게서 본격적으로 소년 시대가 개막되었다고 할 때, 그것은 사물의 시대가 열린 것과 다른 것이 아니었음을 염두에 둘 필요가 있다.

2. 소년은 허구다

사물로서의 소년은 주체의 성격에 중요한 변화를 초래한다. 이전의 성인들은 사유하고 판단하는 주체였으며, 그런 의미에서 이 세계에 관련된 존재였다. 세계 내 존재로서의 구속성을 지녔던 것이다. 이 주체는 다른 어떤 것이 아니라 바로 자신을 기준으로 삼아 세계를 모아들이고 통찰했다. 당연히 단일적인 중심을 가진 것이었다.

하지만 함기석의 소년에 이르면 이 단일성이 와해되는 것을 볼 수 있다. 소년은 소년 주체가 아니다. 소년으로서의 근거를 갖는 것이 아니며, 이전의 성인 주체들처럼 자신을 핵심으로 성립시키지 않는다. 무엇보다 반성하지 않는다. 따라서 주체라기보다는 소년이라는 상태, 그와 같은 일정한 상태로 세상에 출몰하는 것이라 할 수 있다. 이것은 이전처럼 이성적이지도 통합적이지도 않은, 단지 주체의 자리에 나타났다가 사라지는 존재다. 후세대 시인들은 주체가 되는 것이 아니라 단지 그 자리에 어른거리는 이 이형적 소년에게서 그들의 현재형을 발견했다.

이제 이전의 성인들이 독점했던 주체의 영역이 소년이나 사물들에게 평등하게 배분된다. 함기석의 소년이 단일 주체가 아니라는 것은 그의 시에서 소년이 사물과 더불어 나타날 뿐 아니라, 더 중요하게는 사물과 끊임없이 교환되는 까닭이다. 소년은 소년에 머무르지 않는다. 의미가 중심을 이루는 인간의 공간에 있는 것이 아니라 사물의 세계 속으로 들어가는 것이다. 그곳은 인간의 구획이 사라지고, 단일 주체 중심의 익숙한 질서가 다양하게 교란되어 있다. 그의 시에서 현실로 향하는 기성적인 긴장의 고리가 사라지게 만든 요인이다. 나아가 삶의 모든 억압에 대한 가정과 이에서 비롯되는 대결적 자세, 정서적 파토스도 가능하지 않게 된 까닭이다. 이런 것들이 사라진 그의 세계는 어떤 것일까.

무엇보다 질서와 경계를 무너뜨리고 있기에 소년은 일종의 허구로 보인다. 소년이 사물로 걸어들어갔을 때, 소년은 허구를 가동시키는 것이다. 삶에의 결박을 찾아볼 수 없는 발랄한 허구 말이다. 사물들의 틈바구니에서 소년은 현실 세계의 논리가 작동하지 않는 무중력 상태에 놓여 있다. 소년은 여기에도 있고, 동시에 저기에도 있다. 그러나 어찌됐든 현실의 입김이 미치지 않는 사물 속에 있다.

염소가 죽었다
소년은 염소의 시체를 끌어안고 눈물을 흘렸다
대문 옆 칠면조도 살구나무도 눈물을 흘렸다

소년은 살구나무를 업고 주전자 속으로 들어갔다

그곳엔 아름다운 풀밭이 있었다
소년은 풀밭에 누워 밤하늘을 바라보았다
구름이 달이 소년의 허리까지 내려와 웃어주었다
새들이 살구나무로 날아와 노래를 불러주었다
풀밭 끝에서 염소가 걸어왔다
소년을 무릎에 눕히고는 트럼펫을 불어주었다
빗자루에 관한 동화책을 읽어주었다
욕쟁이 빗자루 시집 못 간 빗자루
소년이 웃었다
살구나무가 웃었다

그사이, 엄마가 주전자를 들고 주방으로 갔다
주전자에 물을 부었다 뚜껑을 닫았다
가스레인지에 올려놓고는 불을 붙였다
새들이 비명을 지르며 주전자 밖으로 도망쳤다
구름도 달도 도망쳤다

끓고 있는 주전자 속에서
소년이 소리쳤다 살구나무가 소리쳤다
제발 불좀 꺼주세요 밖에 아무도 없어요?
식구들은 아무도 알아듣지 못했다
아빠가 텅 빈 염소 우리를 불태우던 저녁
주전자 속에서 소년이 죽어가고 있었다

살구나무가 죽어가고 있었다

—「주전자」 전문

주목할 만한 시인데 그 이유인즉슨 이렇다. 염소가 죽었고, 소년은 슬퍼서 주전자 속으로 들어간다. 주전자 속은 완전히 사물과 동물이 난립하는 세계이다. 소년은 주전자 속에서 주인공이라기보다는 낯선 세계에 들어선 이방인이어서 구름과 달이, 새들이 다가와 웃어주거나 노래를 불러준다. 죽었던 염소가 소년에게 걸어오기도 한다. 존재들의 경계가 사라진 허구 세계의 위무를 받는 소년은 결코 주체의 자리에 있지 않다. 아니, 주전자 속에는 주체와 비주체의 교체나 순환이 순서 없이 일어날 뿐이다. 여기서는 모든 것이 서로를 에워싸고 교환된다.

소년은 이러한 세계에 매료된다. 주전자 속의 세계로 귀의하는 것이다. 엄마가 물을 붓고 불을 붙일 때, "제발 불 좀 꺼주세요 밖에 아무도 없어요?" 하고 소리치다가 주전자 속에서 죽어가는 소년은 이제 엄마가 있는 주전자 밖의 세계와 소통하지 못한다. 사물들 속에서 완전히 사물의 세계에 속하게 된 것이다. 이 귀의는 대단히 인상적이다. 소년은 명백하게도, 이제 현실 세계가 듣지 못하고 알아보지 못하는 허구가 된 것이다. 이 단절이 함기석의 소년이 갖는 의미이다. 미성년 화자를 보편화시킨 것 외에도, 소년에 허구성까지 곁들인 것은 확실히 함기석의 고유성이라 할 것이다.

「주전자」는 특별히 주전자 안을 질서와 경계가 붕괴된 허구로 보여주지만, 이런 의미에서라면 함기석의 『국어선생은 달팽이』는 사실 시집 전체가 허구적 공간이라 할 수 있다. 시집 안에 쏟아져 있는 행위와 사건들, 장소와 시간들, 인물들은 현실에 기인하는 것이 아니다. 따라서 다음의 시에 나타난 상황은 잔인한 패륜이 아니다.

바람 따라 꽃들이 나무들이 흔들리는 가을밤 고양이 울음소릴 내며 흔들리는 가을밤 한 소년이 들어간다 포크와 나이프를 들고 걸어간다 만취해 잠든 아버지의 방으로 들어간다 검은 이빨 검은 손톱의 굶주린 소년, 소년은 아버지의 목덜미에 쇠빨대를 꽂고는 빨아먹기 시작한다 아버지의 몸속 모든 피와 내장을 빨아먹는다 노오란 뇌수를 빨아먹는다 아버지의 육체 가득 흔들리는 강물과 구름을 빨아먹는다 아버지의 손과 귀와 성기를 토막토막 잘라먹으며 악마처럼 웃는다 가을밤 창밖 은사시나무들이 미친년처럼 웃고 있는 가을밤, 소년은 가죽 푸대처럼 쪼그라든 아버지의 몸속 가득 톱밥을 채워넣는다 솜과 벌레의 유충들을 채워넣으며 박제를 만든다 박제가 된 아버지를 둘러메고 마당으로 나간다 무덤을 판다 아버지를 묻는다 피 묻은 포크와 나이프를 묻는다 달을 묻고 밤하늘을 묻고 벌레 먹은 아버지의 일생을 묻는다 무덤 속에서 검은 파리 떼가 날아오른다 검은 나방들이 날아오른다 소년의 머리 위를 맴돌다 어둠 속으로 날아간다 소년은 지붕 위로 올라간다 피 묻은 입술을 닦으며 소리 없이 운다 도려낸 아버지의 검은 눈알 두 개를 밤하늘에 던지며 울음 운다 다음날 아침 일찍 소년은 소풍을 간다 어린 당나귀와 함께 사과나무와 함께 소풍을 간다 언덕 꼭대기에 앉아 즐겁게 점심을 먹는다 당나귀가 맛있게 맛있게 만두를 먹는

다 아버지의 살코기로 만든 만두를 먹는다 소년은 구름을 먹고 사
과나무는 춤을 추며 춤을 추며 언덕을 뛰어다니며 언덕을 먹는다
—「가을 소풍」 전문

이 시를 기성의 질서, 아버지에 대한 부정과 항거로 읽는 것은 일단은 수긍할 수 있는 일이다. 소년이 만취한 "아버지의 목덜미에 쇠빨대를 꽂고는 빨아먹"는다든지, "아버지의 손과 귀와 성기를 토막토막 잘라 먹"는다든지, "아버지의 몸속 가득 톱밥을 채워넣"고 "아버지를 묻는" 장면은 무어라 해도 가부장 이데올로기에 대한 단죄처럼 보이는 면이 있는 것이다. 시 속의 내용을 정보의 차원으로만 받아들이는 한 그렇다.

그러나 이를 너무 거창하게 생각하는 것은 전열을 잘못 가다듬는 것일 수 있다. 설령 가부장에 대한 부정이라고 해도, 그러한 기세를 효과적으로 운용하고 있다고 해도, 이것은 차라리 부정의 놀이를 하고 있는 것으로 보이기 때문이다. 초점은 놀이에 있다. 최근의 황병승이나 김민정의 분위기들이 닿아 있는 이 시는 후배 시인들의 시에서도 감각되듯이 현실적 맥락은 소거되고 거의 만화화되어 있는 쪽에 가깝다. 잔인한 엽기라기보다 놀이에 골몰하는 듯 보이는 것이다. 얼핏 보면 심각하고 진지해 보이지만 많은 것이 희화화되어 있다. "아버지의 살코기로 만든 만두"를 먹는 것은 "구름을 먹고" "언덕을 먹"는 것처럼 자연스러운 일이다. 이때의 먹는 행위를 실제적인 것으로 여기는 것만큼 난센스는 없을 것이다. 이것은 함기석에게 단지 사물들끼리 벌이는 놀이 비슷한 것이다. 소년

이 사물이듯이, 구름이나 언덕이 사물이듯이, 아버지도 사물이다. 사물들끼리의 대화와 교환이 전면적으로 이루어지는 것이다. 따라서 이 시를 현실의 이데올로기를 끌어들여 가족이나 가부장적 권위에의 항거로 읽는다 하더라도 주의해야 할 것은, 이 항거가 언제나 놀이의 형태로 진행되며, 허구로 넘어가 있고, 허구의 놀이로 발생한다는 사실이다.

3. 소년은 언어다

소년이 들어선 사물의 세계는 허구의 세계이면서 한편으로는 언어의 세계다. 현실의 질서와 관계가 작동하지 않는다는 의미에서 허구라 한다면, 이 허구를 가시화시키는 것은 언어다. 소년은 언어와 더불어, 언어를 움직여, 허구를 드러낸다. 소년이 사물이 된다는 것은 애초에 이러한 의미를 담고 있다. 사물의 언어가 된다는 것이다. 소년이 바로 언어다.

함기석의 시에서, 소년이 인간 주체가 되어 사물을 대상화시키는 언어를 사용하는 것이 아니라, 사물에 속하여 말놀이를 하는 장면은 가히 도발적이다. 말은 인간의 의지에 속하지 않고 인간과 분리되어 명랑하게, 스스로 작동하는 사물들의 편에 선다. 아니, 사물들이 스스로 작동하게 만든다. 사물들의 번복과 치환과 확산은 언어의 환유와 산개와 정확히 일치한다. 모든 사물이 평등하게, 경계없이 넘나드는 마술 같은 장면을 재현하는 것은 말놀이의 언어다.

언어가 없었더라면, 이토록 활달하게 사물들을 흘러넘치게 할 방법이 있을까.

소년의 말놀이가 이 모든 것을 가능케 하는 것이다. 현실이 결락되는 곳에서, 사물과 허구의 세계에서, 언어는 지시를 벗어나 사물과 조응한다. 언어는 사물을 표상하는 것이 아니라 사물과 만나는 것이다. 이것은 전혀 새로운 관계이다. 사물이 언어가 되고 언어가 사물이 되는 경쾌한 소동이 따르는데, 이는 언제나 소년으로 현상한다. 이제 이전 시들에 깊이 내재되어 있던 주체의 무거운 침묵은 사라지고, 소년을 불러들이는 사물들이 왁자지껄하다. 사물들은 주체가 아닌 주어로, 단일 주체가 아닌 단지 무수한 주어로 실시간 빼곡하게 들어찬다.

소년은 매일 반복되는 단조로운 하루가 싫다
소년은 여러 가지 사물이 되어본다
변기는 일곱시에 침대에서 일어난다
구두는 욕실에서 알몸으로 샤워를 한다
소년은 소년의 짝궁 바바를 싫어한다
바바는 물이 끓는 주전자 같다
바바는 언제나 펄펄 끓며 화를 낸다
소년은 주전자 속에서 햄버거를 먹으며 중얼거린다
바바는 물 빠진 주전자야
전화기처럼 울어대는 앵무새를 닮았어
소년은 주전자에서 나와 현관으로 간다

소년은 작문 숙제 학교 가는 소년이 걱정이다
소년의 얼굴이 어둡다 다리가 캄캄하다
소년은 무거운 가방을 들고 대문을 나선다
소년은 대문을 나서며 형용사를 바꾸어본다
소년의 얼굴이 밝다 다리가 환하다
소년은 가벼운 가방을 들고 대문을 나선다
하루가 지겨운 소년은 하루가 즐거운 소년이 된다
소년은 환히 웃으며 하늘과 땅을 바꾸어본다
갑자기, 자동차들이 하늘로 달리고
비행기와 새들이 땅속 깊은 곳으로 날아다닌다
구름은 땅으로 흐르고
나무와 꽃들의 뿌리는 허공으로 자라오른다
소년은 콧노래를 부르며 하늘로 뛰어간다
구름 뒤로 파란 지붕의 학교가 보인다
소년은 하늘 꼭대기에 있는 교문으로 들어간다
정말 꿈만 같아! 외치며 소년은 교실로 들어간다
바바가 주전자를 노려보며 큰소리로 말한다
야 지각 대장! 오늘은 웬일로 이렇게 일찍 왔어?
소년은 천장을 가리키며 조용히 말한다
주전자는 주전자야
바바는 신경질을 내며 작문 숙제를 쓰기 시작한다
학교 가는 소년은 잠꾸러기 지각 대장 내 짝궁 염소
염소는 아침마다

구두를 신고 대문을 나선다
가방을 들고 대문을 나선다
염소는 대문을 나서며 동사를 바꾸어본다
염소는 아침마다
구두를 먹고 대문을 나선다
가방을 쓰고 대문을 나선다
염소가 사라진 빈방에서
창문과 물고기와 의자가 깔깔거리며 중얼거린다
미친놈, 오늘도 또 지각이겠군!
소년도 툴툴거리며 작문 숙제를 써나가고 있다
학교 가는 소년은 이상한 염소를 기른다
염소는 빨간 리본을 맨 드럼통처럼 뛰어다닌다
염소는 소화기보다도 고집불통이다
염소는 내숭쟁이 내 짝궁 바바
다 쓴 소년은 학교 가는 소년을 들고 일어난다
바바에게 큰 소리로 첫줄과 끝줄을 동시에 읽어준다
소년은 매일 반복되는 단조로운 하루가 싫다

—「학교 가는 소년」 전문

"소년은 여러 가지 사물이 되어본다"로 출발하는 이 시는 소년이 사물이 되는 것이 곧 언어의 놀이와 다름없다는 것을 보여준다. 즉 소년이 사물이 되면, "변기는 일곱시에 침대에서 일어나"고, "구두는 욕실에서 알몸으로 샤워를 하"는 일이 벌어지게 된다. 소년이 사물 속으로 들어가서 언어의 질서와 위치가 바뀌게 된 것이다. 이것은 기존의 문장에서 "형용사를 바꾸어보"고, "동사를 바꾸어보"는 일과 다름없다. 말들의 대체를 통해 "구름은 땅으로 흐르고", "염소는 아침마다/ 구두를 신고 대문을 나서"는 문장이 늘어서게 되는 것이다. 따라서 소년이 사물이 되는 것이나 소년이 언어의 놀이로 나타나는 것이나 마찬가지임을 알 수 있다. 소년, 사물, 언어의 세 항이 동시에 움직이는 것이다. 아니 같은 운동에 놓여 있는 것이라 할 수 있다. 이들은 서로에게 일방적인 의미가 아니며, 고정적 위치가 아니다. 항상 움직이는 관계로 감지된다. 이제 전통적인 주체의 꼭짓점은 소거된 것이다.

> 당나귀 도마뱀 염소, 자 모두 따라 해!
> 선생이 칠판에 적으며 큰 소리로 읽는다
> 배추머리 소년이 손을 든 채 묻는다
> 염소를 선생이라 부르면 왜 안 되는 거예요?
> 선생은 소년의 손바닥을 때리며 닦아 세운다
> 창밖 잔디밭에서 새끼 염소가 소리친다
> 국어선생은 당나귀
> 국어선생은 도마뱀
> 염소는 뒷문을 통해 몰래 교실로 들어간다
> 선생이 정신없이 칠판에 쓰며 중얼거리는 사이
> 염소는 아이들을 끌고 운동장으로 도망친다
> 아이들이 일렬로 염소 꼬리를 잡고 행진하는 동안

국어선생은 칠면조

국어선생은 사마귀

선생이 창문을 활짝 열어젖히며 소리친다

당장 교실로 들어 오지 못해? 이 망할 놈들!

아이들은 깔깔대며 더욱 큰 소리로 외쳐댄다

국어선생은 주전자

국어선생은 철봉대

염소는 손목시계를 풀어 하늘 높이 던져버린다

왜 시계를 던지는 거야? 배추머리가 묻는다

저기 봐, 시간이 날아가는 게 보이지?

아이들은 일제히 시계를 벗어 공중으로 집어던진다

갑자기 아이들에게

오전 10시는 오후 4시가 된다

아이들은 기뻐하며 집으로 돌아가기 시작한다

선생이 씩씩거리며 운동장으로 뛰쳐 나온다

그사이, 운동장은 하늘이 되고

시계는 새가 된다

바람은 의자가 되고

나무들은 자동차가 된다

국어선생은 달팽이!

국어선생은 달팽이!

하늘엔 수십 개의 의자가 떠다니고

구름 위로 채칵채칵 새들이 날아오른다

구름은 아이들 눈 속으로도 흐르고
바람은 힘껏
국어책과 선생을 하늘 꼭대기로 날려보낸다.

—「국어선생은 달팽이」 전문

표제작으로서 이 시는 함기석 시의 발랄한 매력을 한껏 발산하고 있다. "국어선생은 당나귀/ 국어선생은 도마뱀"이라고 외치는 염소가 "뒷문을 통해 몰래 교실로 들어"가 "아이들을 끌고 운동장으로 도망"치는 장면은 케케묵은 언어의 사슬을 풀어버리는 쾌감이 있다. 계속해서 이어지는 "국어선생은 주전자/ 국어선생은 철봉대", "국어선생은 달팽이"라는 외침은 사물과 언어의 항이 늘 함께 움직이는 함기석 시의 특징을 잘 보여주는 대목이다. 이렇게 항들이 움직이면 고정된 것들이 마음껏 흔들리고 변형된다. 이 거리낌 없는 운동이 호흡처럼 편하다. 국어선생은 당나귀나 도마뱀, 주전자, 철봉대, 달팽이면서, 이것들에 멈추지 않는다. 이 모든 것이면서 항시 아무것도 아닌 것이다. 단일 주체가 사라지는 방식이 이렇게 경쾌하다. 그리고 이것이 바로 소년 시대다. 함기석과 더불어 소년 시대가 활짝 열린 것이다.

누군가 나 아닌 다른 걸 빌려 입고 내가 살아 있는 것 같아요—환멸의 배우론

— 강정의 『처형극장』(문학과지성사, 1996)

강정의 『처형극장』은 1990년대에 나온 어느 시집보다도 다발적 발화물로 보인다. 1996년에 출간된 이 시집은 강정 이전과 이후의 여러 음성이 암시적으로 스며들어 있고, 상이한 방향으로 작동하는 움직임들이 동시에 감지된다. 거대한 크기의 꿈의 흔적과 이에 따르는 좌절이 있는가 하면, 무력한 방종과 조소와 퇴폐가 있다. 무엇보다 죽음에 대한 내용이 많은데, 죽음이 중요한 만큼 동시에 중요하지 않은 것처럼 이야기하고 있기도 하다. 죽음에 이유가 없고, 의의가 없기에, 그 결과 죽음에 억압을 느끼지 않는 방식으로 죽음에 압도되어 있는 독특한 모습을 보여준다. 시집 전체에는 양보할 수 없는 막다른 포즈 같은 것이 있는데, 이것이 어떠한 것도 담보하고 있지 않은 허무로 충전되고 있다. 그래서 다시 그 포즈가 인상적으로 회복 재생산된다. 그의 언어의 크기와 강도는 이전 시대의 거인들의 것을 떠올리게 하지만 동시에 이를 무효로 만들어버리는 감각과 사유의 방향과 양상은 이후 시대의 조짐을 품고 있는 형국이다. 이러한 복합적이고 문제적 텍스트는 1990년대의 파고를 그대로 반영하고 심지어 실현하고 있다고까지 여겨진다.

강정의 시집은 여러 가지 문으로 들어갈 수 있는 다중적 텍스트이다. 그중에서도 2000년대로 연계되는 1990년대적 자각이 돌올한 부분으로 들어서고자 한다. 주체의 성격을 둘러싸고 강정에게서 독립적으로 형성된 요소들이 그것이다.

1. 존재들의 교환과 전이

현대시가 짓고 있는 표정은 무엇일까. 누구나 현대시에 대해 이러저러한 이야기를 할 수 있지만, 표정을 지을 얼굴이 없다는 것이 어쩌면 가장 설득력 있는 답변 중의 하나일 것이다. 진지하거나 성숙한 표정을 짓기 위해서는 이 표정들이 착지할 주체, 의심하지 않고 머물 수 있는 주체가 있어야 한다. 주체를 타당하게 여기는 것은 필연적인 일이다. 감각과 정서와 사유를 한곳에 집중시킬 수 있도록 말이다. 이 경우 주체는 본래적으로 구축되어 있는 것으로 전제된다. 구축 위에서 주체가 작동하게 되는 것이다.

주지하다시피 주체의 이러한 상태는 계속 변화를 겪어왔다. 주체가 중심이 되고, 외부 세계를 수렴하거나 대적하는 구심점 역할을 하던 단계는 지나갔다고 할 수 있다. 주체는 계속 강등되었고, 현재에 이르러 점차 낯선 타자나 사물과도 같은 모습으로 변모하고 있다. 주체는 타자를 모르듯이 자신을 알 수 없으며, 자신의 작용을 채 파악하지 못한다. 여러 타자들 속에 던져진 채 작동하는 시스템을 이해할 수 없다. 강정의 시는 현대시의 주체가 이러한 양상으로 변모되어가는 과정을 보여주고 있으며, 더 중요하게는 변모의 조짐을 넘어서 이를 견인해내고 있다.

우우, 정말 나는 피를 말리며 죽는 개처럼 살고 싶었다

(중략)

우우, 어떻게 내가 개가 될 수 있을까?
(중략)
우우우우, 나는 정말 개이고 싶다 개 같은 인간이고 싶다
개한테 먹히는 단 한 명의 인간이고 싶은 것이다
나는

—이제 보일 때가 되지 않았어? 아니 벌써 보였어!
—넌 무얼 봤길래? 굶주린 사람이 개한테 혀를 낼름거리는 거!
—그 사람이 누군데? 그 사람은 네가 찾는 그 사람, 바로 너인 사람!!

멍멍멍멍

—「우우」 부분

누군가 나 아닌 다른 것들이
내 손을 빼앗아 이상한 말을 지껄여요
그때마다 가슴팍을 열고
굉장한 새떼들이 움직이는 게 들려요
살아 있는 것 같지 않은데
누군가 나 아닌 다른 걸 빌려 입고
내가 살아 있는 것 같아요
목이 길고 몸통이 넓적한 그를
나는 그저 '너'라고만 불러요
'너'의 가느다란 혈관(血管)을 새들이 디디고
지날 적마다 그들이 죽어요
누군지 모를 내가
'너'의 혈관(血管)을 만지작거리던 손을 풀어
숱한 새들의 날개를 뜯어먹어요
살고 싶지 않은데
누군가 나 아닌 다른 것들 때문에
내가 사는 것 같아요
정말 사는 것처럼
나도 '너'를 흉내내어 울어보죠

—「기타리스트가 죽다」 부분

나는 기다린다 지하철 창밖 땅속 깊은

어둠에 되비쳐 가끔씩 내가 되기도 하는 그를
(중략)
그 이유로 나는, 가끔씩 한계 이상으로 눈을 크게 뜨고
어둠 속에 되비쳐 내가 되기도 하는 그를, 노려보는 것이다
나이기도 하고, 내 옆의 여자이기도 한 그,
만나는 순간 내가 되고, 내가 아는 모든 여자가 되고
그 어떤 여자보다도 더 여자이기만 한 그를,
마침내 안팎이 뒤엉켜 여자고 내고 모두가
한 몸뚱이 전체로 세상 한가운데서 그가 되기를,
나는 일상(日常)의 처진 어깨들과 쓸쓸한 눈망울들 속에 똘똘 묶인 채
기다리고 있는 것이다

—「I'm Waiting for the Man」 부분

「우우」에서 주체는 이전과는 비교할 수도 없는 색다른 상황에 놓여 있다. 바로 "개처럼 살고 싶"고, "어떻게 내가 개가 될 수 있을까?"를 고심하는 장면이다. 대상과 같은 높이의 시선이 아니라 대상과 교차하고, 대상으로 변화하고픈 욕망을 드러내는 부분이다. 이 생각은 "개한테 먹히는" "인간이고 싶"다는 욕망으로 현현한다. 주체가 대상과 교환되고 대상에게 속하거나 대상화된다는 생각은 주체의 포지션을 반대 지점으로 옮기는 것이다. 더불어 이제까지 선명하고 완강한 듯 여겨졌던 주체의 경계를 흔드는 일이다. 왜, 무슨 이유로, 등등을 추적할 수 있을 테지만, 무엇보다 대상

화라는 사실 자체를 환기할 만하다. 그리하여 마침내 "굶주린 사람이 개한테 혀를 낼름거리는" 놀랍고도 완전한 전도에 이른다. 주체가 개가 되어 "혀를 낼름거리는"데, 상대는 바로 새로이 주체가 된 개다.

주체의 전이는 강정의 시를 바로 강정의 시로 만들어준 요소이다. 이 선취적 감각은 강정다운 피부 감각을 보여주는 것이었으며, 1990년대를 1980년대로부터 분리시키는 데 기여했다. 이로 인해 그의 시의 풍경은 사뭇 다르게 구성되었다. "누군가 나 아닌 다른 것들이/ 내 손을 빼앗아 이상한 말을 지껄여요"라고 하거나 "누군가 나 아닌 다른 걸 빌려 입고/ 내가 살아 있는 것 같아요"라고 몽환적으로 읊조리는 「기타리스트가 죽다」 역시 유니크한 강정의 풍경이다. "누군가" "내 손을 빼앗"았는데, 그가 지껄이는 "이상한 말"은 그의 말인가, 나의 말인가. 다시 말하면 그인 채로 하는 말인가, 그가 내가 되어 하는 말인가. 또한 "누군가 나 아닌 다른 걸 빌려 입"었는데, "내가 살아 있는 것 같"다는 것은 무엇일까. 누군가 "다른 걸 빌려 입"고 다른 주체가 되었는데, 그것이 어떻게 해서 나의 삶의 조건이 되는 것일까. 여기에는 분명 존재들의 복잡한 전이와 전도가 있다. 이것은 뒤에 가서 "누군가 나 아닌 다른 것들 때문에/ 내가 사는 것 같아요"로 다시 한번 반복된다. 이 과정 속에서 나는 알 수 없는 존재이다. "누군지 모를 내가" "정말 사는 것처럼/ 나도 '너'를 흉내내어 울어보죠"에 나타나듯이, 알 수 없는 내가 너를 흉내낼 뿐이다. 주체와 대상의 교환과 착시가 「우우」보다 훨씬 자연스럽고 다면적으로 발생하고 있다.

「I'm Waiting for the Man」은 지하철 창에 비친 영상을 통해 존재의 교환과 혼몽에 이르는 시이다. 창에 비친 상이 내가 아니라 "가끔씩 내가 되기도 하는 그"라는 진술을 통해, 그의 독립성과 우선권이 강조되고 있다. 그는 내게 당연히 귀속되는 나의 상이 아니다. 단지 내가 될 수도 있을 뿐이다. 고정된 존재도 아니다. "나이기도 하고, 내 옆의 여자이기도 한 그,/ 만나는 순간 내가 되고, 내가 아는 모든 여자가 되"는 그는 어떠한 존재로도 될 수 있는 가능성이요 찰나다. 상호 교환되고 전이되는 이들 사이에 경계란 무의미하고 존재하지도 않는다. "마침내 안팎이 뒤엉켜 여자고 내고 모두가/ 한 몸뚱이 전체로 세상 한가운데서 그가 되기를" 기다리는 것에서 알 수 있듯이 모두가 뒤엉킨 이 "전체"는 다름아닌 그가 되어가는 과정이다. 그리고 그는 다시 이 모든 것이 될 수 있는 가능성이다. 지하철의 창에 비친 희미한 상은 존재들의 교환과 전이 과정의 한순간에 불과하다. 그 멈추지 않는 순환을 환기하고 있다. 강정 시가 1990년대에 서 있는 이유라 할 수 있다.

2. 비어 있는 주체, 혹은 신의 출현

주체의 변모에 대해 이야기할 때 앞서 설명한 구축되어 있지 않은 주체, 그 교환과 변이가 지속적으로 일어나는 주체 외에도, 주목을 요하는 양상이 또 하나 있다. 정확한 시점을 알 수는 없으나, 그리고 어떻게 가능하게 되었는지도 분명하지 않으나, 비어 있는 주체가 출현한 것이다. 즉 현실적으로 없는 주체이며, 눈에 보이지 않지만 흔적으로는 존재한다고 할 수 있는 주체다. 아니면 아예 비현실적인 존재라고도 말할 수 있다. 어떻게 표현하든 1980년대의 중력적인 주체는 아니다. 개인과 역사와 현실의 주체가 아니라 현실이 탈각된 주체인 것이다. 선뜻 떠오르는 것은 1990년대를 지나 2000년대 들어서 갑자기 출몰한 듯이 보이는 귀신이나 유령이다. 김언의 「유령-되기」나 김행숙의 「귀신 이야기」들을 비롯하여, 실제로 많은 시인들에게 이러한 주체가 나타났다. 강정 자신도 최근에 낸 시집이 『귀신』이다. 1970~80년대적인 상황에서 생각하면 이해할 수 없는 일일 수 있다. 몸 없는 존재라는 것을 과연 주체라고 할 수 있을까. 이것은 어떻게 튀어나오게 되었을까.

주체가 대상과 경계 없이 서로 드나들고 전이되는 양상을 보여주었던 강정의 『처형극장』에 이 비어 있는 주체의 단초가 있다. 물론 여기 나타나는 귀신이나 신은 뚜렷한 자각적 상태는 아니다. 그럼에도 최근 유행하는 2000년대 귀신의 선구로 보이는 면이 있다. 이것을 살펴보는 것은 충분히 의미 있는 일이다. 비로소 열리기 시작한 1990년대 문틈 사이로, 어떻게 신이 들어오게 되었을까.

> 잃은 걸 찾지 않는다는 게 무언가, 나는 다시 플루트를 배우리라, 생각한다
>
> 그 길다랗고 작은 몸은 소리를 뱉으면서, 다시 소리를 죽이는 것 같다
>
> 소리가 엮는 그림이 없고, 나는 소리의 몸이오라고 호소하는 일

말의

자아(自我)도 없는 것 같다 그래서 나는 플루트를 배우리라, 내여위고

길쭉한 몸을 대롱 삼아 실눈의 탐색전을 전개하는 빗방울들의 치명적인

敵이 되리라, (중략)

플루트를 배우리라 플루트의 작은 주둥이에서 빠져나오는 몸 없는 소리처럼

나는, 죽지 않고 다만 지워지리라

—「실종(失踪)」 부분

"플루트를 배우리라"라고 생각하는데, 플루트는 무엇인가. "그 길다랗고 작은 몸은 소리를 뱉으면서, 다시 소리를 죽이는 것 같다". 플루트는 소리를 내지만 소리는 사라진다. 아니, 소리를 내는 것이 소리를 죽이는 것과 다를 바 없다. 소리의 "실종"이다. 이것을 시인은 "일말의/ 자아(自我)도 없"는 것이라 생각한다. 주체로 번역될 수 있을 자아는 뚜렷한 종적을 갖지 못한다. 소리를 내지 못한다면, 소리를 내도 소리가 죽는 것과 같다면 주체의 의미가 있을 수 없다. "플루트의 작은 주둥이에서 빠져나오는 몸 없는 소리"는 이처럼 주체를 세우지 못한다. 그 결과 주체를 비우게 할 뿐이다. 자아(주체)가 없음을 확인하는 현장이다.

복음서의 뒷장을 열고 밤마다

신(神)들이 도망다녀요
세상 어둔 습지에서 늙는 짐승들과
알몸으로 뒹굴어요
신의 사랑, 짐승의 사랑으로
해골들이 입을 열죠
골 속의 텅 빈 어둠의 말을 하죠

—「아름다운 흉조(凶兆)」 부분

나의 구멍 속에는 어쩌면 당신의 뵈지 않는 망령이 숨쉬고 있을지도 모르고, 다급한 가슴이 식도를 타고 올라 하나의 물건 같은 인간을 뱉어내면 그건 죽어버린 나이거나 되살아난 당신이거나…… 하지만 눈 번득이며 쳐다보는 저 강줄기 속의 종족들은 모를 테지요 한 명의 인간이 그 자신의 망령과 함께 죽음을 실연(實演)하고 있다는 사실을, 물과 빛들이 뒤엉키는 강가에선 오직 부실한 안개 몇 조각만이 위대할 뿐이라는 걸……

—「극장」 부분

플루트의 비어 있는 주체, 없는 주체는 「아름다운 흉조(凶兆)」에서 이제 어떤 자리를 차지하고 희미하게 나타난다. 몸이 없는 주체가 존재화된다. "밤마다/ 신(神)들이 도망다"니는 현장이 그것이다. 신은 보이지 않고, 현실적 육체를 가지고 있지 않으며, 그런 의미에서 일종의 없는 주체다. 이 없는 주체가 현현한다. "복음서의 뒷장을 열고", "세상 어둔 습지에서 늙는 짐승들과/ 알몸으로 뒹굴"고 있다. 즉 종교적 법권으로부터 이탈하여, 인간으로 보이는 "늙는 짐승들"과 뒹굴고 있는 것이다. 자리를 차지하게 된 신의 이러한 용태는 어둠의 세계를 자극한다. "신의 사랑, 짐승의 사랑으로/ 해골들이 입을 열죠"에 나타나듯, 역시 없는 주체의 일종인 해골을 깨운다. 신이나 해골의 등장은 현실의 부정이라기보다는 현실의 퇴거에 가깝다. 현실이 퇴행하고 있는 증거다.

신이나 해골 외에 망령도 나타난다. 「극장」에서 "당신의 뵈지 않는 망령"으로 시작한 2인칭 망령은 "한 명의 인간이 그 자신의 망령과 함께 죽음을 실연(實演)하"는, 인간 일반의 망령으로 확산된다. 인간은 주체로 성립되는 것이 아니고, 자신의 망령과 함께 연기를 펼칠 뿐이다. 주체란 피상적이고 부분적이다. 망령이라는 보이지 않는 주체, 비어 있는 주체가 결합되어 있기 때문이다. "하나의 물건 같은 인간을 뱉어내면"이라는 구절에서 알 수 있듯이 인간은 이 연기에 의해 튀어나오는 산물에 불과하다.

『처형극장』에 나타나는 비어 있는 주체는 시집 전반에 나타나는 것은 아니다. 하지만 비록 제한된 것이라 할지라도 신이나 귀신, 망령이 들어올 자리를 마련했다는 점에서 의의가 있다. 이 육체 없는 주체들은 강정의 시에서 마치 존재를 선보이듯 홀연히 나타나 휘젓고 다닌다. 이들은 세계와 뚜렷한 연관을 지니지 않은 채 출몰하며, 그런 점에서 의미가 있다. 한마디로 비세계적이다. 요컨대 1980년대의 국가라는 체제와 이데올로기적 억압의 현실적 대리물이 아니다. 단지 기존의 세계 질서가 붕괴된 자리에 나타난 것이다. 이것이 신의 의미다. 빈 존재가 빈자리를 메우는 것이다.

전시대의 힘이 퇴각한 자리에 출현한 신은 어떤 의미에서든 설득력이 있었다. 신은 나름 생존을 유지하여 2000년대 들어서면 다양하게 출현하고 있으니 말이다. 이의 전초 기지가 되었던 강정의 텍스트는 그런 의미에서 시선을 끈다. 하지만 정작 그는 신을 뚜렷하게 세우려 했던 것은 아닌 것 같다. "(그는 아마 신(神)일 것이다)……(그는 혹시 신(神)이 아닐지도 모른다)"(「갇힌 설경(雪景)」)라고 할 때, 신은 뚜렷한 존재라기보다는 어떤 상태에 가까운 것으로 보인다. 그리고 이점이야말로 강정의 신이 진정으로 비어 있는 주체라는 생각을 하게 만든다. 이후 2000년대의 신(귀신)들은 이보다는 다소 정형화되어 나타나기 시작했다.

3. 환멸의 배우론

시집 제목이 『처형극장』인 것은 여러 가지를 생각하게 하는 바가 있다. 우선은 무엇을 처형하는가이다. 가장 먼저 떠올릴 수 있는 것은 앞 세대의 방식이다. 앞 세대의 정치적, 집단적 사유, 행동, 판단, 형식이 이에 속할 수 있다. 하지만 앞 세대를 빙자한 스스로의 처형이라고 보는 것이 더 설득력이 있다. 대부분의 현실 경험은 그 현실이 퇴거함에 따라 극적인 성격을 부여받기 때문이다. 이렇게 되면 현재 역시 극성(劇性)을 띠게 되고, 비판적 거리를 확보하게 된다. 따라서 무언가를 처형한다는 것은 동시에 자신의 무언가를 처형하는 것과 다르지 않게 된다. 젊은 강정의 시는 이에 대한 많은 단서를 제공해준다.

사실 처형보다 더 눈에 띄는 것은 극장이라는 말이다. 그의 과도한 허무와 조소는 두드러지게 극장이라는 형식에 실려 있다. 제목뿐 아니라 많은 시에서 무대나 연기를 지칭하는 상황이 전개된다. 소재나 언술에서, 배경과 세계관에서 무대는 강정 시의 본류라고도 할 만하다. 그는 무대라는 장치를 본능적으로 이입하고, 이를 통해 배우의 포즈를 호출한다. 그리고 이렇게 무대의 불가피성이 작품을 형성할 때 주체는 주체라기보다 일종의 배우에 가까워진다. 인물은 행위라기보다는 연기를 하기 때문이다.

나는 목매달고 있다 온 일생이 내 부동의 눈알 뒤에서
춤춘다 나는 죽기 위해 목을 매달고 있다 정말 죽을 수 있을까?
이건 다만 연극일 뿐이다 내 일생의 마침표로 나는 연극을
택하지는 않는다 나는 연극 속에서 죽기를 원한다 연극은 내 정말 삶일 것이다

몇 분, 아니 몇 시간이 지났는지도 모르겠다 잠시 후 나는
죽을 것이라고 했을 때, 죽음은 더욱 요원해진다 삶이 몽환으로
운명지어질 때, 죽음이 즉각 내 손에 잡힐 것 같을 때, 나는 쉽게
죽지 못할 거라는 예감에 사로잡힌다 이건 광태의 능변이다, 실수 같은 시(詩)

나는 발밑에 나무의자를 딛고 서서 무대 한가운데 목을 매달고

있다

파충류의 비늘처럼 조직적으로 나를 쳐다보는 관객들을 본다 첩첩산중의

어둠이다, 날 밝으면 푸르르게 빛날 저 산 너머 평화로운 협곡의 줄기이다

나는 곧 죽을 것이다 죽음에 대한 많은 생각들을 품고, 나는 못 죽을 것이다

의자만 걷어차면 나는 죽을 것인데 아, 나는 왜 죽지 못하나?

인생이 연극에 끼어들면 안 된다 연극을 망친다 바닥에 떨어진 술병처럼

너무 많은 황홀의 즙액이 흐른다 눈썹 끝에 매달린 몇 방울의 땀, 나는

죽음이 두려운 건 아니다 액체의 시간이 가로막는 눈을 뜨고 나는 연극 속에 살아 있다

—「촌극(寸劇)의 형태」 전문

배우인 나는 한 번도 죽어보지 않았기에 무대가 곧 나의 무덤임을 안다 나의 대본은 없다 나는 나를 펼쳐보고 모방할 뿐이다 조명이 입을 다문 침묵과 어둠의 한 귀퉁이, 나의 연기는 웅크림에서 출발한다 사람들은 나에게 말을 걸지 못한다 하얗고 단단한 이빨로 팝콘을 씹으며 객석에 엉덩이를 내려놓을 뿐이다 조명이 입을 열어 싯누런 무대 위에 나를 뱉어낸다

—「배우는 퇴장할 줄 모르고」 부분

"나는 목매달고 있다"로 시작하는 「촌극(寸劇)의 형태」는 목을 매달아 죽으려고 하는 상황과 이것이 단지 연기임을 자각하는 두 개의 축으로 이루어져 있다. "나는 연극 속에서 죽기를 원한다 연극은 내 정말 삶"이라고 되뇌는 데서 알 수 있듯, 이것은 다름아닌 연극임을 알고 있기에 "조직적으로 나를 쳐다보는 관객들" 앞에서 끝내 죽지 못하고 만다. 죽음은 무대 위에서 펼치는 연기에 지나지 않는다. 연기를 넘어선 죽음은 무대에서는 불가능하다. 연기중인 나는 단지 나라는 배우일 따름이다. 이 배우는 죽음을 시연하려 하지만 실은 생각한다. "나는 연극 속에 살아 있다"고.

이러한 상황은 「배우는 퇴장할 줄 모르고」에서도 반복된다. "배우인 나는 한 번도 죽어보지 않았기에", 다시 말하면 배우는 죽음을 연기하는 것이지 실제로 죽지는 않기에, 죽음은 계속 유예된다. 죽음의 연기(演技)가 죽음을 지속적으로 연기(延期)하게 만든다. 본능적으로는 "무대가 곧 나의 무덤"이라 생각하지만 무대는 죽는 곳이 아니며, 죽음을 연기하는 곳일 뿐이다. 더구나 죽음을 지시하는 "나의 대본은 없다". 그런데도 "배우는 퇴장할 줄 모"른다.

두 시 모두 무대를 죽음과 연관시키는 것이 자못 흥미롭다. 왜 무대에서 죽으려 할까. 마치 죽음이란 없고 공연의 일부에 불과하다는 것을 역설적으로 확인이라도 하려는 듯이 말이다. 죽음의 불가능성은 무대의 지속성과 어울리고 연결된다. 그것은 이 세계의 무의미한 불변과 지속에 대한 조롱의 근거가 된다. 무대나 극장을 들여오는 것은 무대의 필연성에 대한 양해가 아니라 무대에 대한 환멸의 심리학을 보여주는 것이다. 대본 없는 무대에서 배우들은 반복적인 연기를 펼칠 뿐이다. "세상에는 악보라는 게 따로 없구나!"(「춤」)라는 외침은 죽음도, 퇴장도 없는 연기에의 환멸이다.

강정이 주체들을 변주하는 장면이 이렇게 진전하고 있다. 고정된 주체가 아니라 서로 교차하고 전이되는 주체를 비롯하여, 빈자리를 메꾸기 위한 빈 주체의 기입을 넘어서서, 이제는 주체가 나타나는 장면을 통째로 극(劇)으로 만들어버리고 있다. 여기서는 주체가 아니라 배우가 들어선다. 배우는 교환되거나 비울 필요가 없다. 어차피 순간의 연기에 지나지 않기 때문이다. 실체가 없기 때문이다. 지속해서 변이되거나 없는 주체인 것이다. 이것이 강정 시의 주체가 당도한 지점이다. 배우는 그가 가장 활발하게, 익숙하게 주체를 시연할 수 있는 장치이다. 이것은 말을 바꾸어도 같다. 그의 주체는 배우를 위한 장치이다. "나는 연극 속에 살아 있다"는 것은 바로 이러한 주체의 상황을 적절하게 해명해준다. 이렇게 주체는 배우와 교호적이다. 언제라도, 배우이다.

이제 처형의 의미가 보다 입체적으로 완성된 것 같다. 무언가를 처형하는 것으로 여겨졌던 '처형극장'이라는 말은 적극적으로 읽었을 때 극장의 처형일 수 있다. 극장의 처형에의 시도일 수 있다. 극장을 처형하는 일은 "무대 한가운데 목을 매달고 있"는 현재적 배우가 꿈꿀 수 있는 일이다. 모든 연기, 극장, 무대의 불가피성과, 그러나 이 지루한 극의 무능력에 대한 환멸을 느끼는 배우라면 생각할 수 있는 일이다. 그가 애초부터 구축되어 있는 전형적인 주체가 아니라면, 진정 자신의 연기를 볼 수 있는 "침묵 9단의, 환상 활극의 大배우"(「초토(焦土)에서」)라면 말이다.

모든 무게들이 튕겨져오르는 순간

—황인숙의 『슬픔이 나를 깨운다』(문학과지성사, 1994)

흔히 예술의 역사를 이야기할 때 변화라는 말을 자주 한다. 변화는 말 그대로 무엇인가가 바뀌고 달라지는 것이다. 지나간 시대를 돌이켜보면 지금까지 바뀌어온 면모가 필연적으로 보이고 적절하게 여겨지기까지 하는 측면이 있다. 날카로운 변곡점도 해석 속으로 제대로 통합된다. 마치 물이 흘러가면서 지형에 따라 방향을 바꾸듯이 변화가 그럴듯한 흐름의 일부로 생각되는 것이다.

그렇지만 조금만 자세히 들여다보면 특히 예술이나 시의 분야에서는, 중요한 변화가 일시에 발생한다기보다 그것이 용이하도록 하는 작은 인자가 먼저 출현하게 마련인 것을 알 수 있다. 대개 이 인자는 당장에는 명확해 보이지 않는 선구적 역할을 수행한다. 동시대의 성향에서 사뭇 떨어져 이질적인 포즈와 음성을 내면서도 그것이 자연스럽고도 새로워서 변화를 실현시키곤 하는 것이다.

이것을 좀더 구체적으로 살펴보면 이렇다. 엄밀하게 말해 변화라는 것은 단절과 도약을 지칭하는 것이지 피상적으로 생각하는 것처럼 점진적인 변형을 가리키는 것은 아니다. 또한 어떠한 변화도 사실은 익숙한 패턴에서 벗어난 것이므로 편한 것이 아니다. 그러나 만약 그렇게 보인다면, 변화가 그럴듯하고 적절해 보인다면, 그것은 바로 변화를 그렇게 보이도록 만든 인자 때문이다. 인자의 중요성은 무엇보다 자신의 매력으로 새로운 국면을 거부감 없이 수용하도록 하는 데 있다. 단절과 도약의 불편함을 호감으로 녹이고, 새로움을 타당한 듯 보이게 하는 것이다. 이렇게 해서 인자는 도래할 변화를 필연적인 것으로 만든다.

공동체의 윤리와 진실이라는 담론의 무거움에서 벗어나서 이로부터 자유로운 다양한 종류의 가벼운 담론으로 공기가 바뀌어나간 1990년대의 변화를 견인해낸 인자 중의 하나가 황인숙이다. 황인숙은 거인들의 시대에 속하는 1984년에 등단해서 작품 활동을 시작하였지만, 거인들 속으로 흡수되지 않은 채, 그야말로 갑자기 어디서 불쑥 솟아난 듯한 생소함을 내내 유지했다. 1988년 첫 시집 『새는 하늘을 자유롭게 풀어놓고』(문학과지성사)에 이어 1990년대 들어 본격적으로 그의 색깔을 드러낸 시집 『슬픔이 나를 깨운다』에서 누구도 따라갈 수 없는 황인숙적인 것을 선보였는데, 물론 좋은 시집들이 그러하듯이 자신의 성향을 단번에 1990년대적인 것으로 만들어버렸다. 직접적으로 1990년대가 이전과 별도의 시대임을 알려주고 보여주었던 것이다. 황인숙으로 인해 1990년대의 변화는 가능한 것이 아니라 눈앞에서 펼쳐진 것이 되었다. 그리고 더 중요하게, 그렇게 되었어야 하는 것이 되었다.

1. 감촉

1990년대는 아직 이데올로기가 충만한 시기였다. 1980년대적인 메시지가 피로해지기까지 오랜 시간이 걸리기도 했지만, 1980년대적인 것은 쉽게 사라지지 않았다. 관념이 약해지면, 정서가 이어받아 명맥을 유지했다. 실제로 1990년대는 아프고 상처받은 것들에 대한 연민과 당위적 공감이 서정이나 이른바 신서정의 형태로 넓은 띠를 드리웠다. 1980년대의 투쟁과 부정은 1990년대에 대지적, 모성적 이데올로기로 변용되어 이어졌다. 외형적 투쟁이 내면적 연대로 지속되었던 것이다. 따라서 이에 기반한 서정은 넓고 진지하고 무거웠다. 정서가 개인 단위를 넘어 계층이나 성, 인권, 인간의 존엄으로 확장되기도 했다. 감정은 1980년대의 투쟁만큼은 아니었지만 여전히 격렬하고 힘 있는 것이었다. 비록 여기저기서 새롭게 1990년대적인 기미들이 움트고 있었지만 전체적으로 1990년대는 이러한 무거움에 덮여 있었다.

이와 같은 분위기 속에 황인숙은 기습적으로 나타났다. 그는 1990년대가 1980년대와의 긴장과 다툼 속에서 제 모습을 찾아야 하는 것이 아니라, 전혀 무관하게, 거리를 둠으로써 가능하다는 것을 보여주었다. 즉 그는 1980년대를 모른다는 듯이, 잠시도 통과하지 않은 듯이 급작스레 출현함으로써, 1990년대를 장중하게 모색하지 않고 바로 제시하는 길을 택했다. 무거운 것과의 싸움은 마찬가지의 무거운 것을 들여오는 것이 아니라, 오히려 가벼운 것으로 해야 한다는 것을 보여주었다. 그런데 이 방식 아닌 방식이 1990년대에 드리워져 있는 오래된 이데올로기의 포장을 걷어내는 데 결정적인 역할을 했다는 것은 참으로 아이러니하다. 싸우지 않는 것이 싸우는 것보다 더 효과적이었던 셈이다.

황인숙이 들여왔던 가벼움의 정체는 감각이다. 감각은 이데올로기나 관념과 싸우지 않는다. 다른 것이기에 부딪치지 않는다. 감각은 감각의 길을 가며 다른 것들에 개의치 않는다. 순간순간 생성되는 감각에 의지하면서 스스로를 넓혀간다. 황인숙은 이러한 감각의 살아 있음을 택함으로써, 다른 길을 간다. 그의 확신은 감각을 가볍고 발랄하게 만들었다. 그리고 그 결과는 주목할 만한 것이다. 그는 어느 누구도 하기 어려웠던 1980년대의 극복을 너무도 쉽게, 마치 생략한 듯이 넘어서, 1990년대를 창출해냈다.

벌판 한군데 눈이 꿈틀거리더니
새가 움터 날아오른다.
그 자리가 뻥 뚫린다.
또 한군데 눈이 꿈틀거리더니
또 새 한 마리가 날아오른다.
그 자리가 뻥 뚫린다.
벌판 여기저기서
새가 자꾸 날아올라
뻥
뻥
뻥

뚫린다

—「봄」 부분

바다 밖으로 몸이 던져진 돌고래들.
고동치는 물결의 우주는 사라지고
딱딱한 얼음 모래에 엎드려
더욱 딱딱한 공기 속에서
툭 턱
툭 턱
툭 턱
들리는 건 자기 몸 안에서 이루어지고
무너지는 고동 소리뿐.

—「바닷가에서」 부분

위의 시들에 나타난 감각은 분명 1990년대에는 황인숙만이 구사할 수 있는 것이었다. 이 감각의 유니크한 발랄함은 감각을 넘어서 거의 감촉에 가깝다고 할 수 있을 것 같다. 황인숙에게 언어는 그렇게 직접적이고 즉자적이어서, 세계와 대상에 직접 내려앉는다. 어떠한 관념이나 정조가 당도하기 전에 언어는 대상에 밀착한다. 대상과 하나가 되어 움직인다. 감각이 아직 대상과의 경계를 유지하는 것이고 감촉이 더 나아가 대상과의 경계가 지워지는 것이라면, 황인숙은 후자 쪽이다. 눈 속에서 "새가 움터 날아오르"는 모습을 "그 자리가 뻥 뚫린다"라고 할 때, "눈이 꿈틀거리더니" "새가 자꾸 날아올라/ 뺑/ 뺑/ 뺑/ 뚫린다"라고 할 때, 언어의 감촉은 그야말로 최고조에 달한다. 여기에는 어떤 배경이나 의도도, 그야말로 말하고 싶은 바도 없다. 말해진 것이 전부일 뿐이다. "뺑 뚫린다"는 것의 실제성, 언어가 투명해진다는 것은 이런 것을 뜻할 것이다. 언어의 자의식이 말끔히 사라졌을 때를 말이다.

돌고래를 묘사하는 두번째 시도 그렇다. "딱딱한 얼음 모래에 엎드려/ 더욱 딱딱한 공기 속에서/ 툭 턱/ 툭 턱/ 툭 턱/ 들리는 건 자기 몸 안에서 이루어지고/ 무너지는 고동 소리뿐"이라는 구절을 보면 확연해진다. 물 밖으로 나온 고래의 피부 감각이 손에 잡힐 듯 선연하다. "딱딱한 공기"와 "툭 턱"거리는 고동 소리의 대비는 고래에 내려앉은 언어의 거의 흠결 없는 감촉이다. 생각해보면 놀라운 일이다. 언어란 이질적인 일종의 막이며, 대상에로 이를 수 없게 하는 원인이 아니었던가. 언어가 있으므로 우리는 대상에 직접 닿을 수 없는 것이 아니었던가. 그러나 황인숙의 시는 언어로 바로 대상에 도달한다는, 그리고 그런 시 역시 가능하다는 생각을 하게 만든다. 1990년의 시작에, 아직도 무겁고 뻣뻣한 공기 속을 뚫고 나온 황인숙의 도발이 갖는 매력이라 아니 할 수 없다.

2. 스밈

대상이 아직 독립적이지 못할 때, 인간적 연민과 이데올로기로 이 세계가 메워져 있을 때, 언어 역시 이를 전달하거나 함유하고 있어 무거울 때, 황인숙의 시는 외계에서 날아온 이방인 같은 면모를 지녔다. 그의 시는 일종의 방식의 새로움이라기보다는 시 자체의, 언어 자체의 새로움이랄 수 있다. 그리고 언어가 새롭다는 것은 거의 모든 것이 새롭다는 것을 말해준다.

언어가 감각을 넘어 감촉할 때, 대상에 대한 감촉 자체가 시가 될 때 나타나는 현상은 무엇보다 모든 경계의 해지이다. 몸과 느낌, 존재와 존재 사이의 접촉이 그렇게 자연스럽게 일치한다. 이제까지는 불가능했지만, 언어로 그 부자연한 거리가 해소되는 것이다. 이것은 매우 주목할 만한 예외적인 현상이다. 사실 전술했다시피, 1990년대는 두 가지 모습이 동시에 있었다. 하나는 1980년대적 연대감이 남아 있었기에 마치 하나의 주체 아래 대상이나 모든 것이 봉합된 것 같은 모습이다. 이 경우는 경계의 해지라기보다는 거대한 통합과 같은 것이었다. 이와는 달리, 1990년대적 의미를 지닌 시인들의 경우에는 대상과 가깝다기보다는 일정한 거리를 지녔다. 대상과 세계를 관찰하거나 낯선 개인으로 불화하거나 이질성을 느끼는 것이 특징이었다. 공격이 직접적으로 나타나기도 했다. 싸움의 양상은 다양했다.

황인숙의 시는 이 양자로부터 모두 거리를 유지했다고 생각된다. 그의 시는 어색한 거리감을 일소했지만, 그렇다고 이전 시대처럼 주체로의 집중과 동화를 이룬 것이 아니다. 그의 시는 세계를 향해 주체를 열고, 오감의 감응에 의해 대상에로 흡수되어가는 과정에 있다. 경계의 해지라는 것은 이렇게 주체를 개방하고 용해하는 것을 뜻한다.

내가 양팔을
쭉 뻗고 누울 만큼의
풀밭이 된다면
흐린 날 나는
나무들의 촉촉한 수액으로
뻗어져나가리라.
하늘에는 한두 송이 구름
이끼처럼 살갗에 퍼져나가고

—「흐린 날」 부분

안개는 나의 얼굴에
부드럽고 쓸쓸하고
나를 깊숙이 들이마신다.
(중략)
나는 물고기만 같다.
누군가 안개 속을
한 경련으로
뛰어간다.
안개는 얼마나 쉽게
아무는가.
열리면서 닫히는가.

홀연히 너를 만나도 좋겠는데
무연하기만 해라, 우리는.
나는 콧노래를 부른다.
거울을 향해 걷는 듯
끊임없이 나인 듯한 것들이
마주 걸어와
나를 투과한다

—「밤, 안개속으로」 부분

두 시 모두 주체가 이 세계의 대상들과 하나가 되어 호흡하고 흡수되어가는 과정을 묘사하고 있다. "내가 양팔을/ 쭉 뻗고 누울 만큼의/ 풀밭이 된다면"이라는 구절 속에는 나의 존재와 크기에 합당한 풀밭이 상상된다. 중요한 것은 풀밭이 어떠하다는 것이 아니라, 내가 풀밭이 된다는 것이다. 나는 대상 속으로 들어가 대상이 된다. 풀밭뿐이 아니다. 이어 "흐린 날 나는/ 나무들의 촉촉한 수액으로/ 뿜어져나가리라"라고 함으로써, 또한 "나무들의 수액"이 된다. 풀밭이 되고 나무들의 수액이 되는 것은 대상들과 혼융되어 경계가 사라짐을 뜻한다.

안개가 "나를 깊숙이 들이마신다"는 두번째 시 역시 그러하다. 내가 안개 속으로 들어서면 마치 "나는 물고기만 같다". 물고기와의 구별이 사라지는 것이다. "안개는 얼마나 쉽게" "열리면서 닫히"는지, 나를 비롯하여 존재하는 것들을 품었다가 내놓는다. 안개 속에서는 모든 것들의 정체가 불문에 붙여진다. 나와 나 아닌 것들이 잘 구분되지 않는다. 안개 속에 해체되기 때문이다. 그리하여 "끊임없이 나인 듯한 것들이/ 마주 걸어와/ 나를 투과한다"는 것은, 나 아닌 것들이 "나인 듯한 것들"로 되어 나와 섞이는 순간의 기록이라 할 수 있다.

나라는 존재와 대상이 혼효되는 모습은 황인숙 시의 많은 부분을 차지한다. "물속에서처럼 고요히 나는 입을 열었고 나는 물거품으로 돌아갔다"(「내 영혼은 네 개의 위를」), "모든 바람이 나를 엿듣고 모든 틈이 나를 엿본다" (「비 오기 전」), "구름은 내 귀를 통하여 눈으로 흘러내린다. 거리낌없이" (「덤으로, 춤을 추다」), "나는 귓속에서 한줄기 오랑캐꽃을 꺼낸다"(「귓속에 충만한」), "희디흰 불꽃이다 꽃사과꽃 꽃사과꽃 눈으로 코로 달려든다 나는 팔을 뻗었다 나는 불이 붙었다"(「꽃사과꽃」) 등과 같은 수많은 구절들이 여기저기에 산포되어 있다. 물거품, 바람, 구름, 꽃등과 같은 사물이 나를 통과하고 해체하고, 그러면 나는 나 아닌 다른 것으로 되어가고, 세상에 존재하는 인위적인 경계는 사라진다. 모든 것이 서로 스며든다. 관념이나 정서의 교환이 아니라 오직 존재의 스밈이 전부다. 스밈을 통해 존재는 전환되어나간다. 황인숙 시의 감촉이 나아간 방향이다.

3. 회복

황인숙의 언어가 존재와 대상이 서로 감촉하고 경계를 해지시켜

스며들게 하는 역할을 했다면, 이것이 불러일으키는 변화는 시집 안에서 다양하고 과감하게 나타났으리라 짐작해볼 수 있다. 감촉하느라 세계는 구체적으로 가시화되었을 것이며, 가시성이 강조되기 위해서는 대상이 근접되었을 것이다. 이로써 무거운 의미의 천착보다는 표면적인 물성적 접촉이 전개되었음직하다. 사실상 이러한 모든 과정이 시집 안에 고루 들어 있다. "오, 모든 무게들이 튕겨져 오르는 순간"(「황혼」), 세계는 추상적이고 관념적인 더께를 일시에 벗어버리고, 구체적이고 현상적인 모습으로 나타났던 것이다. 무게가 물질에 양도되는 순간이다.

이러한 분위기의 일신을 집약할 수 있는 두드러진 징표는 활발한 구어의 대두이다. 의미의 굴레로 덧씌워진 언어들은 대개 문학적 수사가 장중하고 화려하다. 겹겹이 내포의 장막을 두르고 있게 마련이다. 이와 대조적으로, 황인숙 시의 모든 새로운 여파는 구어에 기인한다고 할 수 있다. 구어에 바탕한 구문은 황인숙적인 경쾌함과 발랄함을 가능하게 한 핵심이다.

중요한 것은 구어가 일으킨 새로운 입김 중의 하나가 평이한 삶, 일상이 나타나도록 했다는 점이다. 일상의 평범하고 소소한 일들이 그려지는 것이 황인숙의 시다. 그야말로 이데올로기로부터의 일상의 회복이다. 그러나 한편 생각해보면 회복이라는 말이 적절한지 모르겠다. 일상이 시에서 언제든 등장하고 있었던 것은 아니기 때문이다. 1970~80년대의 문학에는 이데올로기적 침윤, 역사적 장막뿐 아니라, 문학적 휘장이라는 것도 있다. 이데올로기가 아니더라도 문학이 과하면 일상은 사라진다. 문학적 의미와 수사가 시를 이끌어나갈 때, 일상적인 삶은 시에서 종종 소거되기 때문이다. 일상을 몰아내는 낭만적이고 상징적인 성향은 항상 문학의 내부에 포진되어 있다.

따라서 일상은 늘 나타나는 것이 아니라 일상이 나타나는 순간이 있다고 보는 것이 타당하다. 문학사에서 이러한 순간이 가능한 지점들을 찾아보는 것은 흥미로운 일이다. 황인숙의 시는 그 순간에 해당된다. 회복이라는 말은 이러한 정황에 대한 이해로 성립되어야 할 것이다. 일상의 순간들이 역사적, 문학적 궤도에서의 일탈의 일환으로 나타났다고 말이다.

> 저 바람 소리 좀 봐!
> 나무들 마법이 풀려
> 저 속을 달릴 거야
> 저 쉴새없이 덜컹이는
> 문소리 좀 봐.
> 칙칙한 고요를 떼밀고
> 계단을 올라오는 소리 좀 봐.
> 나, 나가볼 테야.
> 나무들 숨가쁘게 달리는
> 그 복판에 나서볼 테야.
> 뚫린 거리를 관 삼아서
> 수자폰을 불어볼 테야.
> 발끝까지 허리를 접고

머리가 시도록 불어볼 테야.
아하하 거리가
부르르 떨 테지.
나무들은 즐거워서
진저리를 칠 거야.
나를 가랑잎처럼
불어버릴 거야.
오, 나의 허약한 다리,
비틀거리면서도 유쾌하게!

—「밤, 바람 속으로」 전문

나의 시(詩), 나의 구두.
난 뒤축을 돌렸다.
돌려라, 돌려라, 나여!

오, 나를
아무데고
아무데고 데려다줘!
빨리! 빨리!
저런,

저런,
가엾은 나, 꼴사나운 나 좀 봐.

끔찍한 구두 안에서 뱅뱅
발꿈치를 문지르고 있네.

—「거리에서」 부분

친근하고 익숙한 어투로 건네는 "저 바람 소리 좀 봐!" "문소리 좀 봐" 하는 말투는 시의 근엄하고 형식적인 외관을 일시에 소멸시켜버린다. 이것은 우리가 매일 사용하는 구어체다. 이런 구어는 아무것도 짐 지지 않고, 아무것도 담고 있지 않고, 가볍고 거리낌이 없다. 이어서 "나, 나가볼 테야" "나서볼 테야" "불어볼 테야"의 거리낌 없는 속도와 전진이 이어지고, "아하하 거리가/ 부르르 떨 테지/ 나무들은 즐거워서/ 진저리를 칠 거야/ 나를 가랑잎처럼/ 불어버릴 거야"의 쏟아지는 말들이 있다. 과연 어떠한 문학적 망설임도, 관념적 주저도, 이 진행을 막아서지 않는다. 한번 튀어나온 말들은 연이어 활달하게 말들을 불러낼 뿐이다. 그 무엇에도 묶여 있지 않은 말들이, 무엇에도 덮여 있지 않은 일상을 불러내고, 작고 자유로운 일상의 순간들이 발랄하게 튀어오른다.

두번째 시에서 선보이는 "돌려라, 돌려라"와 같은 명령형, "아무데고 데려다줘!"와 같은 청유형, "빨리! 빨리!/ 저런"과 같은 감탄 어구들은 모두 구어체의 대표적 유형들이다. 이러한 포장 없는 말들의 전면화는 우리가 일상에서 사용하는 말들이 가감 없이 시에 들어와 쓰일 수 있음을 직접 보여준다. "이게뭐야?/ 이게뭐야?/ 이게뭐야? 이게뭐야? 이게뭐야?/ 이게뭐야?/ 이게, 오오오오오, 이게, 오, 하느님,/ 이게뭐야! 이게, 오, 이게!"(「공휴」) 하고 소리칠 때, 이 외침은 말이 시를 이리저리 끌고 다니는 현장이다. 구어는 도대체 움츠러들지 않는 말이다.

일상이 문학적 화장을 하지 않고 그냥 일상으로 회복되는 순간이 황인숙의 시다. 이 회복의 일상은 탄력적이다. 황인숙의 어떠한 시를 보더라도 피로한 언어를 찾기가 힘들다. 피로란 인간의 징후인 것이다. 언어가 피로하다는 것은 언어가 인간적 뉘앙스로 물들어 있다는 것일 터이다. 험난한 역사와 투쟁을 지나온 1990년대라고 믿기 어려운 탄성이 여기 있다. 이전 시대의 흔적이 없는 시, 스스로의 탄성과 율동으로 생동하는 시이다. 어쩌면 역사는, 문학의 역사도 마찬가지겠지만, 극복할 수 없는 것인지도 모른다. 역사와 무관하게 움직이는 것만이 새로운 것을 창조하는 가능한 방법일 것이고, 황인숙의 시는 정확하게 이것을 가리켜 보인다.

바이오맨에서 울트라맨으로

—서정학의 『모험의 왕과 코코넛의 귀족들』(문학과지성사, 1998)

서정학의 시는 지금까지 별도의 탐색 없이 1990년대를 이데올로기가 탈색되는 시기로, 공동체에서 개인으로 넘어가는 시기로, 서정시에서 모더니즘으로 전환되는 시기로 보는 것과는 다른 포지션에 있다. 이러한 입장들은 대개 1990년대를 변화와 이행이 이루어지는 막연한 과도기로 간주하는 데 그친다. 1990년대가 독자적 색채를 꽃피웠다기보다는 1980년대와 이후의 2000년대의 중간에 걸쳐 있는 시기로 여겨지는 것이다. 그러나 서정학의 시는 1990년대를 달리 보게 한다. 그의 시에서는 1980년대적 특성이 소멸하고 있는 기운도, 그렇다고 2000년대로 넘겨주는 전조적 경향도 딱히 찾아볼 수 없다. 오로지 서정학적인 착상, 서정학적인 시각이 1990년대를 빚어내고 있다.

『모험의 왕과 코코넛의 귀족들』이 1998년에 출간된 것은 1990년대의 고유한 작용일까, 서정학 개인의 독보적 힘일까. 한마디로 자본주의화와 테크놀로지화가 전면화된 그의 시는 분명 1990년대 후기 자본주의적 물질 위주의 현실을 반영하고 있지만, 이 양상이 특유의 가공된 상태로 등장하는 것은 서정학 시의 유니크한 점이다. 다시 말하면 후기 산업사회의 각종 영상 미디어가 등장하고 대중적이고 소비적인 문화나 생활의 매체들이 광범위하게 유포된 1990년대의 풍경이 그의 시에 들어 있다고 말하는 것은 단지 작품의 분위기를 전하는 것에 지나지 않으며, 중요한 것은 그가 이러한 사회 속에서의 존재란 무엇인가에 천착해 들어갔다는 점이다. 이것이 유의미한 지점이다.

구체적으로 살펴보면 이렇다. 그의 시는 영화나 비디오, 전자오락, 텔레비전과 공상과학물들의 기반 위에서 쓰여진다. 무협지와 만화의 세계도 주요한 구성을 이룬다. 물질적으로 재편된 세계가 관념적이고 이데올로기적 세계를 대체한다. 전시대로부터의 분위기라든지 정서의 연계는 찾아볼 수 없다. 영상에 기반하는 가상 세계와 실제의 전도가 이루어지면서 양자의 구분이 무의미해지기까지 하는 그의 시에서 세계는 다른 구성체로 나타난다. 주체와 대상의 감정이나 기억도 매체 시대에 부합하는 것으로 새로이 전개된다. 이러한 세계와 친연적인 주체나 존재로 변형될 수밖에 없는 것이다.

한마디로 새로운 시대를 살아가는 서정학 시의 인물들은 역사로부터의 짐을 지지 않은 채 가볍게 떠다니는 모습으로 그려진다. 억압이나 도피를 알지 못하는 이들은 주어진 시대의 분위기 속에 자연스럽게 흘러다니지만, 그럼에도 공허한 테크놀로지의 정체에 대해 의문을 제기하거나 문제삼지 않는다. 이전 시대와 같은 무거운 압력이 아니라, 다만 무목적적인 고립과 이완 속에 거주할 뿐이다. 대체로 밝고 정처 없고 유머러스하기까지 한 존재들의 아이러니가 새로이 출현하고 있는 것이다.

1. 오직 즐겁기만 할 뿐인

우선 그의 시집 전반에 걸쳐 가장 눈에 띄는 것은 별로 할 일이 없는 존재들이다. 이것은 상당히 흥미로운데, 왜냐하면 이전 시대의 시에서 등장인물들은 매우 무겁고 엄숙한 소명으로 진지하기 이를 데 없었기 때문이다. 『모험의 왕과 코코넛의 귀족들』에서는 도대체가 이러한 의미 있는 압력은 찾아볼 수 없다. 마치 어떤 진공 상태가 갑자기 도래한 것 같은 느낌을 준다. 대부분의 등장인물들은 여기저기를 하릴없이 배회하거나 그렇지 않으면 집에 틀어박혀서 넘치는 영상 매체들에 파묻혀 있다. 그들은 대체로 어떠한 일도 하지 않는다. 무슨 생각을 하는 것도, 특별히 무거운 감정에 눌려 있지도 않다. 아무 역할이 없으며 시간을 낭비하고만 있다.

무력한 존재들이 일반화된 세계, 이것이 서정학 시의 근간을 이룬다. 왜 이들은 이렇게 할 일이 없는 것일까. 어떻게 이런 존재들이 일상화되어버렸을까. 그것은 아마도 역사나 이를 변혁하려는 인간의 행위에 큰 의미가 부여되는 세계가 아니라 물질과 대중 매체가 압도적인 세계라는 점에서 요인을 찾을 수 있을 것이다. 이러한 사회 속에서는 개인의 선택이나 행위가 능동적으로 작용하기가 쉽지 않다. 수동적이고 소비적인 인간이 양산되는 까닭이다.

무위의 인간이라는 것은 서정학 이전에 장정일 시에서도 나타난 바 있다. 하지만 장정일 시에 나타나는 매체와의 접속과 무위의 인간 양상은 대체로 도피적 성향을 지닌 것이었다. 이데올로기나 시대로부터의 거리감이라는 긴장을 필연적으로 전제한 채 진행된 것이다. 이로부터 근 10년을 격한 뒤 출현한 서정학 시의 인물은 개인적 도피와 같은 성격을 지니지 않는다. 문제적이지도 않으며, 이보다는 평이한 형태로, 항상적으로 나타난다. 무위가 시대의 보편적 아이콘으로 느껴지게끔 하는 것이 서정학 시의 특징인 것이다.

오렌지 첫째날: 저녁을 먹고 내 방으로 가려 하는데 엄마가 오렌지 하나를 던져주셨다 나는 생각 없이 받아들고 내 방으로 왔다 배가 불러서 먹지 않았고 담배를 피웠다

오렌지 둘째날: 그날 비가 내렸고 모든 것은 그대로였다 내 방 이십 인치 텔레비전 위에는 오렌지가 놓여 있었고 먹고 싶다는 생각은 했지만, 어쩐지 껍질 까기가 귀찮아졌다 그래서 오렌지는 그곳에 계속 놓여 있었고 나는 텔레비전을 보면서 오렌지도 함께 봤다

오렌지 셋째날: 잠에서 깨어나니 머리가 아팠다 침대를 버려두고 바닥에서 잠을 잤다 갑자기 초라해진 기분이 들었다 시계를 보니 아홉시 반 꽤 일찍 일어난 편이다 오늘은 무얼 할까 생각하면서

두 끼의 밥을 먹었고 반찬은 투정부리기에 족할 만큼 입맛에 맞지 않았다 엄마가 내 툴툴거리는 소리에 못 이겨 시장에 가셨고 나는 텔레비전을 봤다 오렌지는 아직 그곳에 있다

오렌지 넷째날: 비디오, 대략 여섯 개의 프로를 쉬지 않고 봤다 텔레비전을 틀었더니 숨이, 막힌다 재미가 없다 비디오를 다 보고 나서 할 일이 없어져서 잠을 잤다

오렌지 다섯째날: 꿈속을 헤매다 커다랗고 쭈글쭈글해진 오렌지가 나한테 굴러오고 있다 왜 화가 났는지는 모르겠지만 오렌지가 무척 난폭하다 나는 정신없이 뛰었다 오렌지는 굴러다니면서 우리 집을 부수고 가족들을 깔아버렸다 일어나니 이마가 축축하고 입술은 터 있었다 감기에 걸린 모양이다

오렌지 여섯째날: 밖에서 돌아오니 엄마가 웃으시면서 케이크를 간식으로 주셨다

오렌지 일곱째날: 시큼거리는 냄새를 맡고 나는 책읽기를 멈췄다 어디선가 냄새가 난다 무슨 냄새일까 나는 텔레비전 위에 놓여 있을 오렌지를 찾아본다 그곳에 없다 어디로 갔을까 나는 일어서서 방 구석구석을 찾는다 오렌지는 없다 오렌지가 어디로 갔단 말일까 텔레비전 뒤에서 오렌지를 찾아낸다 그 구석에 떨어져 보이지 않은 채 조용히 썩고 있었다 흐물거리며 파랗게 질려버린 오렌

지를 바라보며 나는 먹을 수 없을 뿐만 아니라 그대로 둘 수 없다는 어쩐지, 알게 되어버린다 쓰레기통에 집어넣고는 뚜껑을 닫는다

—「오렌지 주간」 전문

마치 일기를 보는 것 같다. 이 시는 어떠한 정신적인 면모도 없이, 단지 일주일을 오렌지와 함께 소비한 기록이다. 그러나 함께한 것이라고는 해도, 그것을 텔레비전 위에 올려놓은 것이 전부이다. '나'는 "껍질 까기가 귀찮아"서 그대로 그것을 방치한다. 그리고 일주일 내내 한 일이라곤 "담배를 피우"고, "텔레비전을 보"고, 침대나 "바닥에서 잠을 자"고, 반찬 투정을 한 것뿐이다. 가장 많이 한 일은 방에서 뒹굴면서 텔레비전이나 비디오를 본 것이다. "비디오, 대략 여섯 개의 프로를 쉬지 않고 봤다 텔레비전을 틀었더니 숨이, 막힌다 재미가 없다 비디오를 다 보고 나서 할 일이 없어져서 잠을 잤다"는 넷째날의 기록은 '나'의 가장 전형적인 모습이다. 서정학의 많은 시가 텔레비전이나 비디오, 영화를 보는 것에 대한 이야기를 하고 있는데, 이 시는 실감나게 이러한 하루의 모습을 묘사하고 있다. 그러므로 오렌지 주간이라고는 하지만 사실상 오렌지에 대해서 관심도 없고 오렌지를 어떻게 할 생각도 없다. 시간이 흘러 오렌지는 텔레비전 뒤로 굴러떨어져 썩어가고, 결국은 쓰레기통으로 들어간다. '나'는 오렌지 하나를 처리할 줄 모르는 존재이다. 손끝 하나 까딱 하지 않고 텔레비전이나 보는 무위의 삶이 일주일 내내 계속되는데, 그 뒤에 다시 똑같은 일주일이 반복되는 구조이기에 이것은 삶의 전체 모습을 보여주는 것이라 할 수 있다.

비디오와 텔레비전에 함몰되어 있는 이 주체라고 할 수 없는 주체는 존재론적 의의를 상실한 채 대중적 영상 매체의 도락 속으로 흘러갈 뿐이다. 무위와 도락은 함께하는 것이다. 아무것도 행하지 않으므로, 아무것도 행하지 않도록 쾌락에 빠지게 하는 도락은 자연스러운 동반이다. 그리고 중요한 것은 이것이 일시적이거나 지엽적인 것이 아니라 서정학 시의 주체가 갖는 보편적 모습이라는 점이다. 그의 시에서 존재는 대체로 아무 일을 하지 않은 채 도락적이며, 방향 없는 이러한 생활을 즐긴다.

1
금발의 마리아가 소풍을 갑니다
빨간 배낭을 메고 마리아 콧노래를 부르며
숲을 지나갑니다 뭐가 저리 즐거울까
(중략)

2
목적지 따위는 없어요 마리아는 밤이 깊어도 즐겁습니다
올빼미가 우스운 듯 소리지릅니다 마리아는 즐겁다 마리아는 즐겁다
낮에 꺾은 꽃 몇 송이를 들고 마리아는 즐겁게 갑니다
(중략)

3

새벽이 되어도 여전히 마리아 소풍을 가고 있습니다
지치지도 않고 싫증나지도 않습니다 유쾌한 마리아
몇 날 며칠을 걷습니다 죽어라 즐겁습니다 어제와 같이,
즐겁습니다 깊은 숲 크기도 하지 정말 숲은 넓습니다
숲이 큰 만큼 마리아도 즐겁습니다 소풍은 계속되고 있구요
마리아는 일초도 즐겁지 않은 적이 없어요

—「유쾌한 마리아」 부분

텔레비전에 버금가는 도락이 소풍으로 설정되어 있다. 이 시는 시종 "마리아는 즐겁다"고 외친다. 마리아의 소풍은 끝나지 않는다. "밤이 깊어도" "새벽이 되어도" "지치지도 않고 싫증나지도 않" 고 계속 즐거운 소풍이다. 이 즐거움은 대단히 상투적이고 맹목적인 것이지만 끝나지 않는 것이어서 그야말로 "죽어라 즐겁"다. "일초도 즐겁지 않은 적이 없"는 소풍이다. 이러한 즐거움은 아무것도 할 일이 없는 세계에서의 기이한 아이러니로 보인다. 어떠한 노력도 의미도 고통도 부여되지 않는 세계에서의 무차별적인 즐거움이다. 즐거움 외에는 아무것도 없는 즐거움, 즐거움으로만 가득찬 무력한 즐거움이다. 오직 즐겁기만 할 뿐인 마리아의 소풍은 왜 하는지 모르는, 그러면서 계속 하고 있는 기계적인 것이어서, 마치 즐거움의 의무를 수행하고 있는 것처럼 보이기도 한다. 단지 즐거움의 명령을 따른다는 것, 무위의 한 극단이다.

2. 핫도그맨 울트라맨 연애편지의 여왕

텔레비전이나 비디오를 보며 뒹구는 하릴없는 존재들의 무위와 도락의 삶, 이것을 간단히 스케치하는 데서 그치지 않고 서정학의 시는 이들 매체 속으로 더 깊숙이 들어선다. 많은 시편들에 드라마, 영화, 만화의 배경이나 스토리가 실려 있고, 그 주인공들이 실제적인 역학과 영향을 지니면서 실감나게 움직인다. 시의 주체들은 이들 매체의 캐릭터들과 결합하거나 겹쳐지며, 서로 행위나 감정을 교환한다. 현실과 가상이 섞이거나 전도되어 구분되지 않는 상황이 펼쳐지기도 한다. 이러한 영상 매체의 지배는 너무나 익숙하게 그려져서, 이것이야말로 후기 자본주의 사회의 보편적인 당대성이며, 자연스러운 형태라 여겨지게 된다. 생각해보면 이후의 황병승을 비롯한 후배 시인들에게서 다양하게 출현하는 매체적 캐릭터들은 서정학 시의 모험의 영역에서 태어났다고 할 수 있다.

우선 가장 눈에 띄는 주인공은 가수나 영화배우 같은 인물들이다. "오직 하나뿐인 그대"라는 유일한 히트곡의 가수 「심신」, 영화배우 줄리에트 비노쉬가 출연한 모든 영화들을 열거하면서 그녀를 불러내는 「줄리에트 비노쉬」는 그야말로 대중적인 인물들을 소비하기 편리하게 이미지화한 것이며, 또한 영화나 드라마의 허구적 인물들을 호명하여 그 캐릭터를 흥미진진하게 전개하기도 한다. 초능력을 부여받은 '핫도그맨'의 능력을 진술, 캐리커처한 「핫도그맨」이나 다음과 같은 '울트라맨'이 대표적이다.

울트라맨

우주로부터의 침략자가 없어서 심심해졌다 변신을 했다 하품을 하다가

부주의로 주유소를 깔아뭉갰다 미안하다 비디오나 보자

울트라맨/비디오

뭔가 끔찍한 일이 일어났다 나는 울트라 성에서 온 지구의 수호신 괴물들도 외계에서 온다 모든 사건은 바깥으로부터 안으로 온다 나는 과거의 포악한 공룡 고지라와 싸운다 고지라도 강하다 그러나 나는 울트라 성에서 온 울트라맨 공룡 따위는 적수가 될 수 없다

전우주적 고독/밖과 안

가끔, 아파트 베란다에서 밤하늘을 바라본다

울트라 성은 초겨울에나 잠깐, 북서쪽 하늘에 나타날 뿐이다

고향별과 나 사이에 놓여 있는 우주 공간을 생각하면

아랫배가 아파진다 하릴없는 일요일은 슬프다

울트라맨/지구의 수호신(守護神)

평상시에는 지구연방대원(地球聯邦隊員)이며 평범(平凡)한 타이피스트 그러나 정의(正義)의 힘이 필요(必要)하다면 언제 어느 곳에나 달려간다 지구연방대군(地球聯邦隊軍)의 꺼지지 않는 태양(太陽) 그는 이름도 찬란(燦爛)한 울트라맨 변신(變身)시의 체중

(體重): 30,000t 키: 120m 필살기: 울트라 후레쉬 출생지(出生地): 지구(地球)로부터 7000광년(光年) 떨어진 울트라 성 성격(性格): 정의(正義)를 위해서 싸운다. 감상적, 군국적, 파벌적 국세청(國稅廳) 특기 사항: 어린이용 비디오 영화(映畵) 출연(出演)의 부수입(副收入)이 있음

퇴직서/귀향

나는 고향 울트라 별로 돌아가려 한다 지구, 더이상 괴수들이 찾아오지

않는다 아무도

아름다운 지구를 빼앗으려 하지 않는다 괴수들이 침략해오기를 기다리기도

지쳤다, 사실은 아무도 지구 따위는 거들떠보지도 않는다

향수는 해일처럼 도시를 덮친다

내일 발매되는 비디오 마지막 모습이 될 것이다.

나는 떠난다, 이 가

을에

지구는 다섯 명의 지구인, 바이오맨(체중 48~88kg 사이)들이 지키기로

한다

—「지구방위백서(地球防衛白書)」 전문

2000년대 들어 일본에서 드라마, 영화, 게임으로 재탄생해 인기

를 모은 캐릭터 울트라맨의 영웅적 면모를 묘사하고 있다. 비디오를 통해 그려지는 울트라맨은 "울트라 성에서 온 지구의 수호신"으로 "과거의 포악한 공룡 고지라"와 싸우며 "정의의 힘이 필요하다면 언제 어느 곳에나 달려가는" "지구연방대원"이다. 위기시에 어마어마한 키와 체중으로 "변신"하여 지구를 지키는 울트라맨은 그러나 "이제 고향 울트라 별로 돌아가려 한다". 그 이유는 지구에 "더이상 괴수들이 찾아오지/ 않"기 때문이다. "사실은 아무도 지구 따위는 거들떠보지도 않"게 된 것이다. 이러한 설정은 매우 명료한 방향을 가리키는 것 같다. 싸우려 하지만 싸움이 필요 없는 세계가 도래한다는 것은, 세계가 더이상 혼란과 갈등의 장이 아님을 시사하는 까닭이다. 1970~80년대가 끝났고, 싸워야 할 시대의 고지라도 과거의 유물일 뿐이다. 수호신이나 연방대원일지라도 지구상에서 더는 필요가 없다. 이제 지구는 평범한 인간들인 "바이오맨들이 지키기로 한다". 그러나 물론 바이오맨들이 싸워 지킬 일도, 지켜야 할 일도 없다.

바이오맨과 울트라맨의 대비는 서정학이 생각하는 1990년대를 표상하는 측면이 있다. 그는 각종 비디오나 텔레비전, 게임물을 현실화하여 들여오면서 자연적 인간인 바이오맨이 가공된 인간인 일종의 울트라맨으로 되거나 대체되는 사회를 선보였다. 평범한 지구인인 바이오맨에서 우주적 캐릭터 울트라맨으로 이동한 것이다. 울트라맨과 함께 현실의 자리에 가상 세계가 들어선다. 비록 지구에 원시적 바이오맨들이 남아 있더라도 울트라맨적인 일상과 행위가 지배적이다. 감각과 정서 역시 울트라맨적인 것으로 물들어 있다.

구체적인 예를 들어보면 그의 시에는 많은 캐릭터들과 컴퓨터 프로그램, 게임이 등장한다. "연애편지만을 작성하는 워드 프로세서"를 의인화한 연애편지의 여왕(「연애편지」), 무협지 속 스스로 목숨을 끊는 무림계의 거목 천수인도(「비도탈명(飛刀脫命)」), 점수를 획득하면서 공주를 구해야 하는데, 원숭이가 나무 위에서 코코넛을 던져 방해하도록 구성되어 있는 게임의 프로그램(「비디오 게임/모험의 왕과 코코넛의 귀족들」), "인간들을 번성시켜야 하"고, "많은 성과 마을을 지어야만 하"고, 그래야 "많은 점수를 받"는 컴퓨터 게임(「컴퓨터, 꿈 키보드」) 등 서정학이 바라보고 펼쳐 보이는 가상 세계는 모두 이처럼 프로그램화된 것이다. 여기서는 "점수"와 "키워드"로 일체의 것이 요약된다. 바이오맨이 더러 남아 있을지라도 그들이 순수한 바이오맨일지, 또한 그들의 의사가 관철될 수 있는 영토가 있을지 의문이다. 그들은 캐릭터들과 결합되고 그들에 의해 이미 지배, 오염되어 있다. 그러므로 「컴퓨터, 꿈 키보드」에서 "이 세계는 곧 지나간다"라고 하는 마지막 진술은 끝까지 게임의 언어로 읽힌다. 즉 그것은 이 세계가 프로그램으로 구성되어 있으며, 따라서 스테이지가 지나가듯 한 단계가 다음 단계로 넘어간다는 것으로 해석되는 것이다. 바이오 시대의 불규칙과 혼돈이 아니라 문명 시대의 프로그램화된 규칙과 프로세스가 지배하는 세계이다.

영상 매체와 캐릭터 세계의 개화는 많은 것을 달라지게 한다. 사물이 존재해도 인간과의 연관과 질서에서가 아니라 매체화된 가운데, 기성화된 이미지로 출몰할 뿐이다. 감각이나 정서의 유포도 이전과 같은 방식으로 전개되지 않는다. 프로그램 세계에서는 감정이 나타나더라도 주소를 찾을 수 없다. 부분적이고 파편적인 감상들이 출처와 정향 없이 가공된 세계를 떠다닌다. 누구의 감정이고 감상인지 알 수 없는 것이다.

3. 찌그러진 캔 찢어진 종이백

자본주의 시대의 오락과 소비물로만 생각되는 각종 매체와 미디어의 세계를 작품의 본거지로 하는 서정학의 시에서 주체란 무엇일까. 아니 주체라기보다는 울트라맨으로 덮여 있는 인간이란 어떤 존재일까. 바이오맨의 영역이 남아 있더라도 점차 지워지고 있는, 그리하여 매체에 흡수되어가는 인공적 존재를 어떻게 이해할 수 있을까. 인공 주체라는 것이 성립 가능한 것일까. 가공된 현실의 게임이나 프로그램, 오락물의 일상을 들여다보는 것 외에도 인물들에 대해 좀더 알아볼 필요가 있을 것이다.

『모험의 왕과 코코넛의 귀족들』에는 매체화된 시대에서의 존재의 의미를 환기시켜주는 시들이 있다. 단지 인공적인 생활을 보여주는 데 그치지 않고 좀더 깊이 있게 그 실상을 묘사하는 시들이다. 작품 속에서 등장인물들은 주로 현실에 익숙하게 적응해 있기는 해도, 기계적으로 살아가지 못하는 모습으로 나타난다. 그들은 바이오적인 것에 대한 기억을 가지지는 못하지만, 잃어버린 무언가를 계속해서 의식하는 듯이 보인다. 물론 이것은 뚜렷이 자각적인 것은 아니다. 이 주체 아닌 주체들은 거개가 자신의 행위를 특별히 의식하지 않는다. 프로그램화된 매끈한 반복이 있을 따름이다. 하지만 그럼에도 불구하고 미세한 균열이 발생하곤 한다.

두통에 시달리다,

밤마다 머리가 아프다
누군가 찌그러진 캔을 던지고 있다
어둡고 습기 가득한, 눈에 뜨이지 않는 곳부터
차근차근 붉은 알루미늄 캔이 쌓여가고 있다

가끔 잊다,

건망증이 심한 사내가 있다

그는 가끔 자신이 누구인지 잊어버린다
이름도 얼굴도 생각나지 않는다
나는 누구일까
그럴 때면 전자 수첩을 꺼내 차근차근
입으로 중얼거리며 외운다 몇백 개의 숫자를 약간의
자신감이
생기면 입가에 주름을 잡으며 씨익 웃는다

모두 잊다, 지갑을 도둑맞다,

과거를 잊은 사내가 있다
그는 아무 말도 하지 못한다 잊어버렸다
그는 우울하지도 않다 슬프지도 않다
기쁘거나 외롭지도 않다 모두 잊어버렸다
배도 고프지 않다 숨도 쉬지 않는다
무얼 볼 수도 없다 들을 수도 없다
생각하지도 않는다 꼬집어도 아픈 줄
모른다 간지럼을 태워도 우습지 않다
모두 잊은 사내가 있다

사내가 있다,

그냥 그곳에 사내가 있다
어째서 모두 잊었는지 어떻게 모두
잊었는지 그는 기억하지 못한다

그곳에서 찌그러진 붉은 캔을 던지고 있다

—「기억,」 전문

이 시는 "누군가 찌그러진 캔을 던지고 있다"는 도입부로부터 시작하여 자신에 대한 모든 것을 잊어버린 한 사내가, 바로 "그곳에서 찌그러진 붉은 캔을 던지고 있"는 처음의 그 사내와 겹쳐지는 구조로 되어 있다. 하지만 사내는 이름도 얼굴도 자신의 과거도 모두 잊어버렸다. 무엇 때문에 캔이 찌그러졌는지, 왜 찌그러진 캔을 던지고 있는지 알 수가 없다. "전자 수첩을 꺼내 차근차근/ 입으로 중얼거리며 외"우지만, 자신에 대해 기억할 수가 없다. "슬프지도 않"고, "기쁘거나 외롭지도 않다". 구체적 감정을 잊어버린 상태이며 나타나도 무엇인지 알지 못한다. 생각뿐 아니라 "볼 수도" "들을 수도 없"는 거의 마비 상태에 가깝다. 중요한 것은 "어째서 모두 잊었는지 어떻게 모두/ 잊었는지 그는 기억하지 못한다"는 사실이다. 이것은 사내의 기억이 서서히 흐려져가는 바이오적인 것이 아니라는 것을 암시한다. 일종의 단절이라 할 수 있는데, 인공 주체로의 전환에 따른 기억의 전무함이다.

이 사내가 계속해서 찌그러진 캔을 던지고 있는 장면은 독특하고 인상적이다. 그는 어디로 캔을 던지고 있을까. 동기를, 정체를, 근원을 알지 못한 채 마치 돌아오지 않는 기억의 한가운데를 향해, 그 허공을 향해 던지는 것 같지 않은가. 어떠한 보람도, 소득도 없이, 자신의 행위의 의미도 알지 못하는 채, 그러한 상태에 대한 무의식적 표시를 하고 있는 것이 아닌가. 그런 가운데 "두통에 시달리"는 것은 이 존재가 자신의 인공성에 대한 희미한 자각을 하는 것으로 여겨진다. 두통은 그의 균열과도 같아 보인다. 아무런 문제없이 생활하는 듯 보여도 그는 세계 속에서 "찌그러진 캔"으로 자신을 감각하는 것이다.

호텔 신라에, 신라로 가는

길은 멀기도 멀구나, 부부 같은 연인들 난생처음 호텔로 간다,

고등학교 교과서 속의 약속된 페이지 행복한 종이 냄새 신라

고풍스런 기와가 얹혀 있는 푸른 문을 지나, 신라로, 멀기도, 먼 신라로,

약간의 행복한 얼굴과 어색한 옷매무새를 다듬으며 남자는, 그

인조 가죽 냄새 가득한 품을 열어보고, 바보처럼 환한 얼굴로,

신라는 언제 망해버렸을까, 차가운 겨울 바람이 아스팔트, 평평하고 튼튼한

길을 훑어내고, 종이백이 바람에 흔들리고, 부부 같은,

종이백, 신라는 왜 저다지도 먼 걸까, 약간은 행복하고 즐거운 얼굴로,

어색하게, 잘 찢어지는 종이백을 품에 앉고, 이제는,

부부 같은, 네온사인 HOTEL SHILLA

—「호텔 신라; 부부 같은 연인들」 부분

캔을 던지는 사내가 이번에는 연인들로 나타난다. 이 연인들은 두 손에 종이백을 가득 들고 호텔 신라를 찾아간다. 그러나 어쩌면 그들은 "고풍스런 기와가 얹혀 있는 푸른 문을 지나, 신라로, 멀기도, 먼 신라"로 가려는 것은 아니었을까. 그들의 유전자에는 고풍스런 신라를 찾아가려는 바이오맨의 흔적이 남아 있을지도 모른다. 하지만 신라는 "망해버렸"다. 세계는 붕괴되어버렸다. 이제 움직이는 존재들은 "종이백" "인조 가죽"을 들고 있는 인공의 인간들이다.

이들은 "부부처럼 두 손을 꼬옥 잡고서" "열심히 걸어가"기는 하지만 망해버린 신라를 향해 가지 않는다. 네온사인이 휘황한 호텔 신라로 간다. 이것은 기원이 사라진 인공의 신라이다. '신라'가 아닌 "HOTEL SHILLA"인 것이다.

'신라'와 "HOTEL SHILLA"는 물론 정확하게 대비되지 않는다. 시의 무대가 인공성으로 이동하고 있기에, 고색창연한 신라보다는 조명이 번쩍이는 호텔 신라를 전면에 배치하는 양상으로 진행되는 것이 사실이다. 전체적으로 가공된 세계와 가공된 인간이라는 구조로 진행되면서 '신라'로 대변되는 바이오맨의 경험, 기억, 고유성이 사라지고, "HOTEL SHILLA"로 향하는 울트라맨의 공유, 반복, 자동성이 펼쳐지는 것이다. 이때 "HOTEL SHILLA"는 1990년대를, 현대를, 기원을 알 수 없고, 기원이 사라진 시대로 제시하는 표징이다.

중요한 것은 연인들이 출현하는 이 시에도, 캔을 던지는 사내의 희미한 균열이 나타나는 것을 놓칠 수 없다는 점이다. "행복하고 즐거운 얼굴"은 "어색"하고, 그들이 손에 들고 있는 것은 "잘 찢어지는 종이백"이다. 종이백이 찢어지는 것은 찌그러진 캔을 연상하게 한다. 찢어지고 찌그러지는 것은 무언가 어긋나는 것이다. 이들은 어쩐지 세계에 어긋나 있다. 사내의 두통은 이를 가리킨다. 바로 인공성과 가상성의 틈이다.

서정학 시의 새로운 풍경이 갖춘 섬세한 지점이 이것이다. 그의 시는 지금까지 살펴본 것처럼 자본주의적 대중 매체들의 범람과 함께 인공적이고 자동화된 존재 양식을 형성하고 있다. 세계는 가공, 인공, 프로그램화된 가상 현실의 세계이며, 주체 역시 이에 서식하는 무위자로, 무력하게 나타난다. 하지만 이들은 자신들이 살아가는 세계에 완전히 복속되지 않는다. 균열을 보여주는 것이다. 이 균열의 성격을 명확히 진단하기는 쉽지 않다. 1980년대적인, 시대와의 불화라고 이야기하는 것은 분명 잘못된 설명이다. 1980년대는 오히려 개인을 지배했었다. 그때와는 달리 이것은 개인적 기표이며, 무의식적이고 비자각적이다. 그리고 이것이 비록 미세한 것이기는 하지만, 지금까지의 전통적 역사로부터 벗어난 새로 가공된 현실이 1990년대의 존재들을 완전히 도포할 수 없게 하는 역할을 한다. 이제 실로 시대나 세계가 개인을 점령할 수 없게 된 것이다. 자각적이고 투철한 주체뿐 아니라 가장 기계적인, 가공된 인간의 경우라도 그렇다. 서정학의 시는 후자의 지점을 날카롭게 가리켜 보이고 있다.

빛을 피해서 한없이 걸어가는

—허연의 『불온한 검은 피』(세계사, 1995)

1995년에 나온 허연의 『불온한 검은 피』는 이른바 좋은 시집이다. 그러나 왜 좋은지에 대해서 말하기는 쉽지 않다. 좋은 시집이라고 여겨지기는 하는데, 이렇게 말할 때 떠오르는 몇몇 기준들이 이 시집에는 도통 들어맞지 않는 것 같다. 인식의 첨단을 보여준다든지, 정서와 감각의 변천을 도모한다든지, 세련된 언어 놀이를 한다든지, 아니면 뚜렷한 부정과 개척의 모험을 한다든지 하는 효과적인 활약상을 보여주는 것 같지 않다. 몇몇 패턴에 비추어 보는 데 익숙한 우리의 관성에 허연의 시들은 잘 들어맞지 않는다.

그럼에도 불구하고 그의 시들은 섬세하게 우리에게 다가온다. 왜 그런지 쉽게 말할 수는 없는데 천천히 다가와서는 오래 머문다. 그 이유에 대해 숙고하다보면, 지금까지 우리가 생각했던 좋은 시의 기준들을 하나씩 내려놓게 될지도 모른다. 시의 또다른 측면을 바라보게 될 수도 있다. 어찌됐든 그 천천히 펼쳐지는, 용이하게 드러나지 않는 세계가 허연의 유니크한 포지션이다. 그 유니크함은 잘 눈에 띄지 않는다. 무엇보다 그의 시는 통상적 의미에서 어렵지 않다. 어려운 말의 교착이나 이미지의 파격으로 가시성을 즐기지 않는다. 그러나 그렇다고 해서 간명하게 포착되지도 않는다. 적어도 시가 호흡이고 함부로 증발되어버리지 않는 숨결이라는 것을 새삼 환기하는 듯이 말이다. 그렇다면 『불온한 검은 피』는 과연 어느 쪽으로, 어떻게 접근해야 하는 것일까.

1. 증발하지 않는다

시가 일상어나 산문과는 다른 언어의 양상이라 할 때 이를 가장 구체적으로 감지할 수 있는 길은 아마도 이해와 관련해서일 것이다. 말할 것도 없이 시는 이들 중 가장 이해가 어렵다. 물론 우리는 시란 왜 이해하기가 어려운가가 아니라 시는 왜 이해받으려 하지 않는가가 관건이라는 것을 안다. 여기서 시가 이해에 별 관심이 없다는 것을 두고 그 원인을 여러 가지로 이야기할 수 있는데, 아마도 공통점이 있다면 이해되는 순간 시는 시로서의 성격을 잃어버린다는 점일 것이다. 잘 이해된 시는 별로 시 같지 않아 보인다. 시인이 무슨 말을 하고 싶어하는지, 어떤 감정의 동요 속에 있는지가 명료하게 분별될수록, 이로 인해 시에 대한 독자들의 체험이 일치할수록, 시라기보다는 산문이나 에세이에 가까워진다.

모든 시는 시의 독특한, 이러한 불관용과 불친절함을 내포하고 있다. 그래서 시의 언어는 화가들의 물감과도 같다. 자신의 예술 세계를 위해 대개 만들어서 사용하기도 하는 물감은 까다롭고 개별적이다. 배합의 정도와 방식이 모두 다르기에 그 성격은 쉽게 간파되지 않는다. 시의 언어는 그만큼 물성적 성격을 지녔다.

그러나 출발이 이렇다 할지라도 모든 시가 비슷한 운명을 겪지는 않는다. 많은 시들이 출발 당시의 물성적 성격이 흐려지면서 이해의 길로 들어서게 마련이다. 작품에 동원된 감각이나 사유가 굳어지면 몇 가지의 방법론이나 구조로 포착되고 곧 정체성을 부여받게 된다. 작품으로 들어서는 지도가 그려지는 것이다. 그것은 마치 물감이 마르면 붓의 움직임이 정지되고 그 자취가 추적되는 것과 같다. 복잡하고 잘 보이지 않던 시도 그 시에 대한 탐험의 경험이 축적되면 일정한 길이 만들어지듯이 말이다.

따라서 정도의 차이가 있을지언정 대개의 시들이 일정한 시간의 경과와 함께 굳어지고 이해되어간다는 것을 부인할 수는 없을 것이다. 특히 추상에 친화적인 시일수록 시가 추상으로 증발되기가 더 용이하다. 해당 시가 일정한 관념을 표방하거나, 그 정도는 아니더라도 어떠한 생각으로 응고될 여지가 있을수록 차후 그 시에 대한 이해도는 높아지는 것이다. 시는 요약될 수 없는 것이지만, 이 경우 요약도 되고 심지어 시대적 표상으로 압축되고 정리되기도 한다.

당연한 이야기지만 좋은 시란 바로 시의 본래적 성격, 즉 이해도와 쉽게 결합하지 않는 특성을 가진 것이라 할 수 있다. 다른 말로 하면 추상으로 쉽게 증발되지 않는 시, 시대의 관념으로 추출해버릴 수 없는 시다. 이제 허연의 시가 갖는 매력을 살펴볼 수 있게 되었다.

그대는 오지 않았네. 삐뚤어진 세계관을 나누어 가질 그대는 오지 않았네. 나는 빛을 피해서 한없이 걸어가네.

나는 들끓고 있었다. 모두 다 내주고 어느 것도 새것이 아닌 눈동자만 남은 너를 기다렸다. 밤이 되면서 퍼붓는 어둠 속에 너는 늘 구원처럼 다가왔다. 철시를 서두르는 상점들을 지나 나는 불빛을 피해 걸어간다. 행여 내 불행의 냄새가 붉은 입술의 너를 무너지게 했는지. 무덤에도 오지 않을 거라고, 보도블록 위에 토악질을 해대던 너를 잊을 수는 있는 것인지. 나는 쉬지 않고 빛을 피해 걸어간다. 도대체 얼마나 많은 당신들이 저놈의 담벼락에다 대고 울다 갔는지. 이 도시에서 나와 더불어 일자리와 자취방을 바꾸어가며 이웃해 사는 당신들은 왜 그렇게 다들 엉망인지. 가면 마지막인지. 왜 아무도 사는 걸 가르쳐주지 않는지. 나는 또 빛을 피해 걸어간다.

—「나는 빛을 피해 걸어간다」 전문

이 시는 일정한 연시 형식을 취하고 있어서 얼핏 보면 평속한 작품으로 느껴진다. "그대는 오지 않았"다는 것과 "너를 기다렸다"는 이중 구조로 익숙하게 보이는 것이다. 그러나 이 대칭은 너무나 최소한의 것이어서 작품에 별다른 작용을 하지 못한다는 것을 금방 알 수 있다. 그보다 눈에 띄는 것은 내가 계속 "빛을 피해 걸어간다"는 것이다. 주문처럼 반복되는 이 구절은 그러나 시에서 어떤 중심점으로 자리하지 않는다. 내용을 구조화시키지도 않는다. 이것이 무슨 뜻인지, 왜 그런지, 어떠한 방향으로 인도하는지가 추론되지 않는 것이다. 도대체 왜 "쉬지 않고 빛을 피해 걸어가"고 있는 것일까.

그러나 이 질문은 시의 분위기를 보건대 무색한 것이다. 빛을 피해 걸어가는 이유와 의미를 향해 시가 놓여 있지 않은 까닭이다. 의미를 묻기는커녕 이 구절은 시에서 무심한 거리감을 지니고 떨어져 있다. 그래서 "나는 들끓고 있었다"를 위시하여, "눈동자만 남은 너를 기다렸다" "토악질을 해대던 너" "당신들이 저놈의 담벼락에다 대고 울다 갔"다 "일자리와 자취방을 바꾸어가며 이웃해 사는 당신들" 등등의 액티브한 묘사와 어울리지 않는다. 이러한 상황과 마치 무관하다는 듯이, 삶으로 직결되는 "빛을 피해서 한없이 걸어가"는 모습은 사뭇 이질적이어서 그로테스크하기까지 하다.

허연의 이 시는 이렇게 시 전체에 충분히 동화되지 않는 구절을 내내 거느리고 있음으로써 추상적 의미화의 도정으로 내몰리지 않는다. 무언가 통합되지 않은 요소의 반복으로 말미암아 시는 깔끔하게 이해되지 않은 채, 석연치 않게 남아 있다. 우리는 이 시를 의미의 지평에서 건져내어, 웬일인지 알 수 없지만 "빛을 피해 걸어가"는 한 존재의 현상으로 간직하게 된다. 추상이 아니라, 추상으로 증발되는 것이 아니라, 구상이 이 시를 시로 성립시키는 요인이다. 시는 이 구절로 인해 스스로도 무엇을 말하려는지 알 수 없는 모습으로 남게 된다. 구상이 물감을 마르지 않게 하는 것이다.

2. 맥거핀이 없다

1990년대의 시들 중에서 허연의 시는 아마도 말하려 하지 않는 시, 말의 농도와 강도와 열도를 가장 낮추어보려는 시 가운데 하나일 것이다. 1990년대의 시에 대한 언급 가운데 몇 번이나 토로한 것처럼, 1980년대의 거인들의 커다란 음성과 대결하며 나타난 개인과 작은 자아는 이전 시대의 권력적 발화의 소멸을 암시하는 것이었지만, 이 출현은 순차적인 것이었다기보다 앞 세대와의 투쟁을 통해 또렷해졌다. 많은 중요한 시인들에게 나타난 1990년대적 표정은 다분히 결연한 것이었다. 그들은 의식적으로나 무의식적으로 싸움을 전개해나간 것이다.

허연의 경우는 그 긴장과 압박이 가장 느슨해진 경우라 할 수 있다. 그는 독특하게도 전시대를 별로 의식하지 않는 듯한 시를 썼다. 추상과 의미에 무관심한 것뿐만 아니라, 시대성이나 당대성의 기운도 잘 느껴지지 않는다. 그래서 특별히 1990년대에 속할 것 같지 않은 분위기를 지니고 있는데, 그 점이 바로 1990년대적인 것이라 하면 역설일까. 1990년대는 변화가 선명하게 이루어지는 만큼이나 변화가 내포한 넓이와 이질성을 포괄적으로 내장할 수 있는 시기였다. 그런 점에서 본다면 허연은 분명 가장 1990년대적인 시인인 것이다.

추상으로 증발되지 않으며, 시대적 싸움에도 무관해 보인다는 것은 한편으로는 이미지가 강하지 않다는 것과 연결되어 있다. 관념을 경계하느라 이미지까지 버리는 김춘수를 떠올리는 것은 적절한 것은 아니지만, 이미지가 강하면 추상이 되는 가능성도 높아질 수 있다. 물론 이미지가 강하되 의미로부터 멀어지는 매우 인상적인 행로가 있기는 하지만, 한편으로 이미지로부터 추상으로 기우는 변곡점은 얼마든지 가능한 일이다. 따라서 추상으로 향하지 않는 허연의 시가 이미지를 우월하게 내세우지 않는 것은 그의 시가 의미로의 통합과 구조로부터 멀어지게 하는 데 일조한 것으로 생각된다.

(이사하던 날도 그대의 편지를 버리지 못했음)

비가 와서인지
초상집 밤샘 때문인지
마음은 둘 데 없고
도로를 가로질러 뛰어온 너의
조그맣던 신발과
파리한 입술만 어른거린다
너무 쓸쓸해서
오늘 저녁엔 명동엘 가려고 한다
중국 대사관 앞을 지나
적당히 어울리는 골목을 찾아

바람 한가운데
섬처럼 서 있다가
지나는 자동차와 눈이 마주치면
그냥 웃어 보이려고 한다
돌아오는 길엔
공중전화에 동전을 넣고
수첩을 뒤적거리다가 수화기를 내려놓는
싱거운 취객이 되고 싶다
붐비는 시간을 피해
늦은 지하철역에서
가슴 한쪽을 두드리려고 한다
그대의 전부가 아닌 나를
사는 일에 소홀한 나를
그곳에 남겨놓으려고 한다

—「저녁, 가슴 한쪽」 전문

허연의 이 시를 허연적인 시라고 이야기하는 것은 다소 아이러니하지만 그래도 전형적으로 허연적인 시라고 할 수 있다. 무슨 뜻인가. 이 시는 다만 어느 저녁의 풍경, 혹은 저녁을 떠올리며 묘사한 것에 지나지 않아 보이는데, 두드러진 무엇이 있어 보이지 않는데, 왜 허연적인 시라고 이야기하는가. 아니면 바로 그 점, 특별히 시선을 끌어당기는 무엇이 없다는 것이 오히려 문제되는 것인가.

히치콕의 영화에서 유래된 맥거핀(McGuffin)이라는 것은 주지하다시피 영화에서 관객의 주의를 끄는 사건이나 상황, 소품 들을 가리킨다. 이것은 실제 줄거리에는 영향을 미치지 않지만 작품에서 시선을 끄는 속임수로 작용한다. 관객들은 작품을 단지 열린 구조로만 보는 것이 아니라 맥거핀을 통해 추리를 하고, 긴장과 서스펜스를 경험하는 것이다.

특별히 히치콕이 자신의 영화 속 문법의 하나로 제시하고 있는 맥거핀은 사실 예술 작품에는 그리 낯선 것이 아니다. 장르를 불문하고 예술은 작품으로 들어가는 입구나 패스워드 같은 것을 가지고 있다. 추리를 하도록 유도되는 스토리를 지닌 것은 아니지만 시에도 맥거핀이 가능하다. 음악에서의 주요 동기처럼 시에 전형적으로 나타나는 중심적인 이미지 같은 것이 일종의 맥거핀 작용을 한다. 물론 히치콕의 맥거핀이 단지 속임수이고 작품의 실질적인 전개와는 무관한 것으로 판명되는 데 비해, 음악과 시에서의 주요 동기나 중심 이미지 같은 것은 작품의 에센스로 기능하는 것이 퍽 다르지만 말이다. 하지만 중요한 것은 그 효능이 무산되든 되지 않든 결국 시선을 끌도록 만드는 팩터, 즉 맥거핀이 존재하느냐의 여부이다. 속임수로 잠시 출현하든 끝까지 중요한 역할을 수행하든 이러한 맥거핀을 도용하는 것이 예술의 기질로 보이는 까닭이다.

이제 허연적인 시가 보통의 시와 다르고, 읽고 났을 때 뭔가 의아한 느낌이 드는 이유를 알 것 같다. 그것은 단적으로 말해 그의 시가 맥거핀 효과를 잘 느낄 수 없다는 사실이다. 시선을 끌거나 유도하는, 그래서 작품을 어떤 하나의 색채로 물들이는 커다란 손길이 거기에는 존재하지 않는 듯하다. 작품이 방향을 갖게 만들지 않는 것이다. 위의 시는 이를 잘 보여준다. 제목은 「저녁, 가슴 한 쪽」인데, 저녁에는 무엇이 어떻다는 것인지 알 수가 없다. "오늘 저녁엔 명동엘 가려고 한다"지만 뚜렷한 목적이 있는 것이 아니고 "바람 한가운데/ 섬처럼 서 있다가/ 지나는 자동차와 눈이 마주치면/ 그냥 웃어 보이려고 한다"가 전부이다. 뭐가 이리 심심한가. 그뿐이 아니다. "돌아오는 길엔/ 공중전화에 동전을 넣고/ 수첩을 뒤적거리다 수화기를 내려놓는/ 싱거운 취객이 되고 싶다"고 하지 않는가. "저녁"의 "가슴"에 대한 일반적 기대를 아주 보기 좋게 저버리고 있다. "그냥 웃어 보이"는 것이나 "싱거운 취객이 되"는 것은 강도도 열도도 없는, 그야말로 포즈가 되지 못하는 것이다. 맥거핀이 없을 때, 우리는 어디에 시선을 두어야 하는가. 무엇을 잡아야 하는가. "싱거운" 목소리는 계속된다. "그대의 전부가 아닌 나를/ 사는 일에 소홀한 나를/ 그곳에 남겨놓으려고 한다". 이것은 참으로 태연하게 "싱거운" 이야기다. "전부가 아닌" 것에, "소홀한" 것에, 어떠한 의심이나 제재도 가하지 않으며, 그러한 "나를/ 그곳에 남겨놓"는 것이 전부이다. 하고자 하는 뚜렷한 이야기도, 중심 이미지도 없다. 정말 낯선 시이다.

감상과 이해와 감동이라는 예술 작품의 본연의 취지를 떠올리면 시라는 것도 맥거핀에 의지할 것임이 분명하다. 당연히 시인들은 어느 시대든지 맥거핀을 만들어내는 유혹으로부터 자유롭지 못할 것이다. 아니면 독자가 이미지를 맥거핀화하도록 의식적, 무의식적으로 유도할 것이다. 이것은 거의 예술의 본능에 가깝다. 따라서 허연의 시가 이로부터 비껴 나 있다는 것은 매우 희귀한 개성이다.

작품이 효과적 동작을 취하도록 하지 않는 것, 그러한 기대 심리로부터 벗어나 있다는 것, 이것은 다른 어느 시대보다 일률적이지 않았던 1990년대의 다양한 표정에 가장 근접한 것이기 때문이다.

3. 싱거운 소홀한

『불온한 검은 피』는 출간된 지 20년이 넘었지만 아직도 호명되지 않은 시집 중의 하나에 속한다. 이것은 다분히 유형화하기 어려운 이 시집의 속성에 기인한다. 뚜렷한 사유나 이미지를 드러내지 않기에 딱히 어떠한 것이라 지칭할 수가 없는 것이다. 따라서 중심 이미지라는 것에 집착하지 말고 작품의 고정되지 않은 풍경으로 들어가보는 것이 시집에 접근하는 방식이다. 정형화되지 않은 장면들이 넓게 펼쳐져 있는 까닭이다.

맥거핀이나 중심 이미지가 아니라 장면으로 작품을 보면 고르게 펼쳐져 있는 어떤 현상이 있다. 그것은 비다. 허연은 시에서 비를 즐겨 불러들이는데, 비가 중심이 되기보다는 거의 매 편에 존재한다고 하는 편이 낫겠다. 계량적인 것이 달갑지는 않지만 총 62편이 묶인 『불온한 검은 피』에서 비가 출현하는 시는 21편에 달한다. 시집의 거의 3분의 1에 해당하는 시편들에서 비, 빗소리, 폭우들이 나타나고 있다. 거의 항시적으로 시에 비가 내리고 있다고 보아야 할 것 같다.

물론 이렇게 많은 시편들에 비가 나타나기는 해도, 전술했다시

피 비를 관통하는 뚜렷한 이미지가 있는 것은 아니다. 비는 이미지라기보다는 차라리 이미지 이전의 어떤 사태로 존재한다. 풍경이라고 해도 좋다. 비에의 상상, 소망, 현상, 진행, 배경, 기억들로 다양하게 분화되어 있는 것이다. 비는 가깝거나 멀며 내리거나 그치는 중이며 잠깐이거나 조금 더 오래 시에 머문다. 어떤 사건이나 이미지 이전에 비는 그 자체로 널리 존재한다. 허연은 비로 무엇을 만들려고 하지 않는다. 시선을 끌려고 하지 않는다. 비의 시인이 되려고 하지 않는다. 그냥 비와 함께 있다.

수소 한 마리가 있었고 그 속엔 스콜이 지나간 마을이 있었다.
집들의 위치에 따라 햇볕은 달랐지만 여전히 마을엔 수소가 있었고 배고픔이 있었다

누군가 2평짜리 방에서 날아올랐다는 소문이 들리기도 했지만
장마철만 되면 홈통을 따라 쏟아지는 빗물엔 당할 재간이 없었다.
모두 훑고 지나가는 기술. 지옥에 있는 어머니께 지옥에 있는 아들이 보내는

정의는 반드시 이기지 않는다. 내가 아닌 다른 사람들과의 교통은 얼마나 힘겨운가. 감화되지 않는다. 함께 사는 건 함께 죽는 것
치열하고 아쉬운 것

후두둑. 비닐하우스에서 들었던 위협적인 빗소리. 수소의 몸에

서 나는 뼛소리. 내가 알고 어머니가 아는 떠나고 싶은 지옥에서
쏟아지는 빗소리

—「지옥에서 듣는 빗소리」 전문

21편의 비에 관한 시들 중 제목에 비가 들어가는 시는 두 편인데, 「지옥에서 듣는 빗소리」는 시집의 맨 앞에 실려 있다. 다른 시들에서는 비가 제한적이고 한두 부분에 등장하는 데 비해 이 시는 비가 전면적으로 묘사되고 있다. 처음 1연은 멀리서 잡은 카메라처럼 "수소 한 마리가 있었고 그 속엔 스콜이 지나간 마을이 있었다"로 마치 이야기를 전달하듯이 평이하게 시작되어 "누군가 2평짜리 방에서 날아올랐다는 소문이 들리기도 했지만 장마철만 되면 홈통을 따라 쏟아지는 빗물엔 당할 재간이 없었다"의 2연으로 장면이 이동한다. 장마철에 쏟아지는 비의 크기 자체에 집중하고 있는 대목이다. 3연은 다소 날것의 음성으로 생에 대한 통탄이나 비탄을 내비치는데 이 진술은 비의 묘사에 잘 섞여들지는 않는다. 하지만 이 부분이 있기에 뒤로 계속 이어지는 빗소리가 참으로 무심하다는 것을 알 수 있게 해준다. 바로 비가 우리에게 구원도 희망도 그에 관한 이데올로기도 주지 않는다는 점이다. 비는 단지 뜻 없이 장렬하게 쏟아질 뿐이다. 그러므로 가히 "지옥에서 쏟아지는 빗소리"다. 지옥에서 듣는 빗소리란 어떤 것일까. 지옥의 출구와 연결되지 않을 때, 빗소리는 무심함의 극치임에 틀림없다. 무심함으로 "위협적인 빗소리"에 지나지 않을 것이다.

효과적 이미지라기보다는 어떤 극렬한 사태쯤으로 보이는 비의

묘사는 허연 특유의 "싱거운" "소홀한" 화법에 닿아 있다. 장면들이 유의미한 접속의 메커니즘을 따라가는 것이 아니라 병렬되는 이러한 전개 말이다. 언뜻 보았을 때 시에서 비가 많은 부분을 차지하지만 그렇다고 동원되는 것은 아니다. 비가 집중적으로 전면화되어도, 이것이 뚜렷하게 무언가를 제시하기보다는 어쩐지 거리감을 갖고 떨어져 있는 듯한 느낌을 주는 것이다. 그는 비를 통해 무엇을 이야기하려 하지 않는다. 이야기하려는 것을 오히려 비가 덮는 쪽이다. 빗소리가 시를 가득 채우고 있다.

이러한 장면은 어딘가 섬뜩한 느낌을 준다. 비가 계속될 것 같고, 지옥이 계속될 것 같고, 비가 영원히 내리는 지옥에 우리는 있어야 할 것 같다. 비가 무엇인지 모른 채, 빗소리에 덮여갈 것 같다. 이것은 분명 지금까지와는 다른, 색다른 방식으로 말하는 음성이다. 지금까지와는 반대의 음성이거나, 더 낮은 음성, 혹은 세계로 흘러들어가 녹아버린 음성이다. 조금 더 짚고 들어가면, 어떤 위대하고 이상적인 것에서 내려와 충분히 일상적이고 세속적인 것으로 되어가는 과정이 1990년대였다고 할 때, 그 1990년대의 이상하고도 비결정적인 가능성을 넓힌 음성이라고 할 것이다.

공습의 시대

초판 1쇄 인쇄 2016년 12월 13일
초판 1쇄 발행 2016년 12월 25일

지은이 이수명
펴낸이 염현숙
책임편집 김민정
편집 김필균 도한나
표지 디자인 박상순
본문 디자인 이주영
마케팅 정민호 박보람 이동엽
홍보 김희숙 김상만 이천희
제작 강신은 김동욱 임현식
제작처 영신사
후원 서울문화재단

펴낸곳 (주)문학동네
출판등록 1993년 10월 22일 제406-2003-000045호

주소 10881 경기도 파주시 회동길 210
전자우편 blackinana@hanmail.net | 트위터 @blackinana
문의전화 031) 955-2656(편집) 031) 955-8890(마케팅) | 팩스 031) 955-8855
문학동네카페 http://cafe.naver.com/mhdn

ISBN 978-89-546-4370-2 03810

* 이 도서의 국립중앙도서관 출판예정도서목록(CIP)은 서지정보유통지원시스템 홈페이지(http://seoji.nl.go.kr)와 국가자료공동목록시스템(http://www.nl.go.kr/kolisnet)에서 이용하실 수 있습니다. (CIP 제어번호 : 2016029518)

www.munhak.com

서울문화재단

'2016년 예술연구서적발간지원사업' 선정

서울문화재단의 지원을 받아 발간하는 Color Book 시리즈 - 예술연구 / Silver Book